FEMMES SANS MERCI

D0591515

"Actes noirs"

DU MÊME AUTEUR

Titre original :
Donne che non perdonano
Éditeur original :
Einaudi, Turin
© Camilla Läckberg, 2018
publié avec l'accord de Nordin Agency, Suède

© ACTES SUD, 2020
pour la traduction française
ISBN 978-2-330-13573-7

CAMILLA LÄCKBERG

Femmes sans merci

novella traduite du suédois
par Rémi Cassaigne

ACTES SUD

PREMIÈRE PARTIE

1

INGRID STEEN

Ingrid Steen cacha l'objet qu'elle tenait dans sa main quand son mari Tommy entra dans le séjour, et le glissa entre deux coussins du canapé.

Il passa devant elle.

Un rapide sourire mécanique, avant de continuer vers la cuisine. Elle l'entendit ouvrir le réfrigérateur et farfouiller dedans en chantonnant *The River* de Bruce Springsteen.

Ingrid laissa l'objet là où il était et se leva. Elle se posta devant la fenêtre. Les réverbères luttaient contre les ténèbres nordiques. Les buissons et les arbres étaient nus et tordus. Dans la maison en face tremblotait la lueur d'un téléviseur.

Tommy se racla la gorge derrière elle. Ingrid se retourna.

"Comment a été ta journée ?"

Elle l'observa sans répondre. Il tenait dans une main une boulette de viande froide à moitié mangée. Dans l'autre un verre de lait. Il était dégarni, l'avait toujours été, mais à trente ans, il avait eu le bon goût de se raser complètement le crâne. Le bas de sa chemise était froissé après être resté fourré dans le pantalon depuis le matin.

"Bien."

Tommy sourit.

"OK."

Elle regarda son dos s'éloigner. *Tommy*, un nom d'ouvrier. *Bruce Springsteen*, un héros de la classe ouvrière. Pourtant, dès qu'il était devenu rédacteur en chef du plus important tabloïd suédois, ils s'étaient installés à Bromma – zone résidentielle de la classe moyenne supérieure en général et de l'élite médiatique en particulier.

Le tapotement des doigts sur le clavier reprit dans le bureau. Ingrid regagna le canapé, chercha à tâtons entre les coussins. Tomba sur un ancien jouet de sa fille Lovisa. Le saisit. Regarda le petit dinosaure vert aux yeux fixes surdimensionnés et le posa sur la table basse. Se pencha à nouveau sur le canapé, trouva le petit appareil et l'emporta dans l'entrée.

Le bruit des doigts qui écrivaient, donnaient des ordres, modifiaient des titres, augmenta d'intensité. Elle décrocha le manteau de Tommy de son cintre. Dans la poche arrière de son jean, le nécessaire à couture rectangulaire appuyait sur sa fesse droite. Elle s'engouffra dans les toilettes du premier étage. Après avoir posé la trousse sur le bord du lavabo, elle verrouilla la porte et rabattit le couvercle de la cuvette. À la hâte, elle décousit un peu la doublure, y glissa le petit appareil et vérifia qu'il fonctionnait. Du bout de l'index, elle l'enclencha, poussa l'objet au fond de la poche ainsi créée avant de recoudre le tissu brillant par quelques points.

2

VICTORIA BRUNBERG

Voilà trois ans, Victoria s'appelait Volkova, habitait la grande ville russe d'Iekaterinbourg et avait de vagues souvenirs scolaires de ce qu'était la Suède. Aujourd'hui, elle s'appelait Victoria Brunberg et vivait à Sillbo, un village à une dizaine de kilomètres de Heby, au centre du pays. Elle parlait le suédois avec un fort accent, n'avait ni travail ni amis. Elle soupira en versant le thé brûlant dans un mug noir portant l'inscription *Sweden Rocks*.

Par les fentes sous la fenêtre, elle entendait siffler le vent. Dehors : champs, forêt et ciel gris. Elle fit un écran de sa main pour ne pas voir. Victoria soupira et s'installa avec son thé, les pieds posés sur la table de la cuisine. Tout dans ce lieu, tout dans ce pays était affreux. Elle prit son mug à deux mains et ferma les yeux.

"Youri", murmura-t-elle.

La princesse des gangsters : ainsi l'avaient surnommée pour plaisanter ses amis d'Iekaterinbourg. Elle avait aimé ça. Elle avait aimé les diamants, les drogues, les dîners, les vêtements et l'appartement où ils habitaient.

Le jour de ses vingt ans, tout avait disparu. Youri avait été assassiné. À l'heure qu'il était, son corps devait être décomposé, méconnaissable. Son dos velu, ses grandes mains, ses larges mâchoires – il n'en restait plus rien.

Youri avait été abattu le jour de son anniversaire. Son sang avait éclaboussé sa fourrure blanche jetée sur le canapé de la boîte de nuit. Ils voulaient la tuer elle aussi, mais le troisième coup de feu du tireur avait manqué sa cible, il avait alors été abattu par les gardes du corps de Youri. Elle s'était réfugiée chez sa mère, à une heure de route de la ville.

C'était sa mère qui lui avait conseillé ce site, où des hommes suédois recherchaient des femmes russes.

"Les hommes suédois sont gentils et doux", lui avait-elle dit.

Victoria avait obéi à sa mère, comme toujours. Elle avait posté une poignée de photos, reçu en quelques jours des centaines de réponses et choisi Malte. Il était bien sur la photo, un gros bébé aux yeux doux. Même âge qu'elle, en surpoids, l'air timide. Il lui avait envoyé l'argent du billet d'avion et, deux semaines plus tard, elle franchissait pour la première fois le seuil de la maison jaune de Sillbo.

Dans la cour, elle entendit la moto de Malte. Victoria ôta les pieds de la table et regarda par la fenêtre. La corpulence de Malte rendait la moto minuscule, comme Godzilla chevauchant un poney. Une camionnette blanche suivait Malte. Le véhicule franchit le portail et se gara à côté de la moto. Lars ouvrit la portière, attrapa un pack de bières sur le siège passager et le porta jusqu'à l'entrée de la maison. Malte en tira une canette et l'ouvrit. Planté là, il but goulûment. Les plis de son double menton roulaient. Les deux hommes disparurent de la vue de Victoria et, une seconde plus tard, elle entendit la clé tourner dans la serrure.

Ils déboulèrent sans enlever leurs chaussures. Lars hésita en voyant les traces sombres de boue collante qu'ils laissaient sur le parquet.

"On s'en fout. Ma bonne femme sera bien contente d'avoir quelque chose à nettoyer. Elle passe ses journées à rien faire", dit Malte sans prêter attention à Victoria.

Lars rit bêtement, croisa le regard de Victoria une demi-seconde, marmonna un salut en posant le pack de bières sur la table. Malte se dirigea vers la cuisinière.

"Voyons voir quelle tambouille tu nous as mitonnée aujourd'hui", dit-il en soulevant le couvercle de la cocotte. La vapeur le fit reculer en clignant des yeux. Il s'éventa plusieurs fois de la main et considéra en plissant les paupières le fond du récipient. À côté de Victoria, Lars s'ouvrit une bière.

"Des patates. Bien, très bien." Malte jeta un coup d'œil alentour en écartant les bras.

"C'est tout ?

— Je ne savais pas à quelle heure vous alliez rentrer. Je vais faire cuire les saucisses", dit Victoria.

Malte pouffa et, sans arrêter son regard sur elle, se tourna vers son ami. Répéta ce qu'elle venait de dire en exagérant sa voix aiguë et son accent russe. Lars s'esclaffa, de la bière lui coula sur le menton.

"Elle est jolie, mais elle n'a pas inventé la poudre", dit Malte.

La bière coula de plus belle dans le cou de Lars.

Leurs vêtements sentaient le graillon. Malte avait promis de réparer la hotte, mais n'avait rien fait. Elle rangeait les assiettes sales dans le lave-vaisselle. Les hommes étaient avachis sur le canapé. Des canettes vides jonchaient la table basse. Ils allaient bientôt s'endormir, et sa journée allait alors commencer. Pour de bon. Elle lorgna dans leur direction pour voir où Malte avait posé son téléphone. Fut rassurée en l'apercevant entre deux canettes de bière.

"J'aurais plutôt dû prendre une Thaïlandaise, comme toi. Meilleure bouffe. Meilleures pipes, dit Malte en rotant.

— Renvoie-la chez elle, alors ? pouffa Lars.

— Oui, pourquoi pas. Je me demande ce qu'il y a comme garantie, pour les bonnes femmes sur catalogue, dit Malte, le souffle court.

— Pas de remboursement. Peut-être un avoir ? glissa Lars.

— Eh oui, puisque la marchandise a été consommée et utilisée."

Ils éclatèrent à nouveau de rire, au moment où l'eau se mettait à couler dans le lave-vaisselle.

3

INGRID STEEN

Ingrid se gara devant l'école Högland, coupa le moteur et resta les mains sur le volant. Elle avait une heure d'avance.

Journaliste pendant quatorze ans, dont deux comme correspondante aux USA, elle avait reçu plus de prix qu'elle n'en pouvait compter. Coupures de presse, diplômes et photos s'affichaient autrefois chez eux. Quand Tommy était devenu rédacteur en chef, les époux étaient convenus qu'il valait mieux qu'Ingrid reste à la maison pour s'occuper de leur fille. Être rédacteur en chef dans la presse du soir était plus qu'un boulot, c'était un style de vie, comme disait Tommy. Si cela avait été l'inverse, si c'était elle qui avait été promue, il aurait fait le même sacrifice, assurait-il. Ingrid s'était inclinée. Elle avait rangé les souvenirs des grands moments de sa carrière au grenier, dans un carton Ikea, et avait endossé le rôle d'épouse dévouée. Ces derniers temps, elle repensait de plus en plus souvent à ses années de journalisme. Parfois, quand la maison était vide, elle descendait le carton dans le séjour pour feuilleter ses "archives". Pas plus tard qu'aujourd'hui, elle avait remis le carton à sa place avant qu'il soit l'heure d'aller chercher Lovisa et que Tommy rentre à la maison.

Ingrid sursauta quand on toqua à la vitre. Elle afficha son sourire de parent d'élève avant de tourner la tête et de voir que c'était Birgitta Nilsson, la maîtresse de

Lovisa. Involontairement, elle regarda sa montre avant de baisser la vitre.

"Visite médicale, dit Birgitta en souriant. Rien de grave, un contrôle de routine."

Ingrid l'aimait bien. Elle approchait de l'âge de la retraite, la classe de Lovisa serait sa dernière.

"Bonne chance, lâcha Ingrid.

— J'ai vu Tommy dans Agenda, hier – il était formidable ! Tellement intelligent, il parle bien. Vous devez être fière."

Birgitta joignit les mains.

"Très.

— Et qu'il ait en plus pris le temps l'automne dernier de venir en classe parler de son métier, avec tout ce qu'il a à faire. Quand les autres professeurs ont appris sa visite, ils ont été tellement enthousiastes qu'il a fallu réserver l'auditorium. Lovisa était si contente. Moi aussi.

— Parfait. Oui, Tommy sait prendre le temps."

La maîtresse tendit la main, toucha l'épaule d'Ingrid avant de tourner les talons et de disparaître en direction du métro.

Ingrid monta le volume de la musique.

Au fond, elle n'avait pas besoin de preuve supplémentaire de l'infidélité de Tommy. Elle avait déjà compris. Depuis l'été, il était différent. Il faisait plus attention à son apparence, du jour au lendemain il avait fait appel à un coach sportif personnel. Avant, il pouvait discuter de n'importe quelle décision concernant la rédaction en présence d'Ingrid, il savait qu'elle ne ferait jamais rien fuiter, elle connaissait les règles. Désormais, il s'excusait et disparaissait dans son bureau ou au jardin.

"Nouvelle politique des propriétaires, lui avait-il expliqué quand elle lui avait posé la question. Et puis, tout ça, ça ne t'intéresse plus, si ?"

Mais Ingrid voulait savoir qui était la femme que baisait son mari. Probablement quelqu'un de la rédaction, c'était comme ça qu'ils s'étaient eux-mêmes rencontrés, c'était comme ça que les journalistes se rencontraient d'habitude.

Chaque jour, elle achetait l'édition du soir qu'elle feuilletait. Elle ne reconnaissait presque plus personne parmi les photos qui accompagnaient les signatures. Beaucoup des collègues de son époque avaient quitté le journal, d'autres avaient abandonné la vie usante de reporter pour devenir chefs de service.

Ses anciens camarades de travail savaient-ils que Tommy la trompait ? La plaignaient-ils ? Aidaient-ils Tommy à dissimuler son aventure ?

Ingrid avait un plan pour découvrir avec qui il la trompait, mais pas pour ce qu'elle ferait ensuite.

4

VICTORIA BRUNBERG

Malte et Lars ronflaient. Leurs corps gras dégageaient une odeur de sueur et d'alcool. Victoria attrapa le portable de son mari et l'emporta au sous-sol. Elle entra dans le cagibi où il cachait son alambic, prit une bouteille contenant un liquide translucide et s'assit dans le canapé moelleux devant le téléviseur éteint. Dans le meuble, en dessous, s'alignait sa collection de films pornos, bien en vue. Elle les avait tous visionnés plusieurs fois, c'était comme ça qu'elle avait appris le suédois. Malte la maintenait isolée. La maison n'avait pas de connexion internet.

Victoria avait un portable, avec une carte prépayée. Les cent couronnes que Malte y mettait ne suffisaient pas pour appeler en Russie. Le seul moyen pour Victoria de garder contact avec sa mère était de partager la connexion du portable de Malte avec le sien.

Les premiers mois, elle s'était imaginé que la vie en Suède allait être correcte malgré tout. Pas comme ses années avec Youri, mais supportable. Malte était gentil. Ennuyeux, mais gentil. Il lui achetait des fleurs à moitié fanées, la complimentait pour sa cuisine, l'appelait sa "petite femme". Certes, c'était pénible de coucher avec lui, de l'avoir près d'elle, de sentir ses mains maladroites sur son corps, mais au moins il la traitait comme un être humain.

Elle lui savait gré de l'avoir sortie de Russie. Mais au bout de six mois, il avait commencé à changer. Était devenu méchant. Avait cessé de se doucher. Sentait de plus en plus mauvais. Au lieu de coucher avec elle, il ordonnait : "Pipe !" baissait son pantalon jusqu'aux genoux et s'asseyait sur le canapé.

Et elle obéissait, suçait son petit pénis. Elle avait peur de lui. Même s'il n'avait jamais levé la main sur elle, elle était entièrement à sa merci. Malte pouvait lui rendre la vie encore bien pire qu'elle ne l'était déjà.

Elle n'avait nulle part où aller, la ferme était une prison. Si seulement elle avait eu un seul ami, quelqu'un qui soit vraiment gentil avec elle, et la traite comme une personne, et non comme une poupée gonflable avec option ménage et cuisine.

Elle but en grimaçant une gorgée du breuvage distillé maison. Sa mère n'avait pas répondu à son dernier mail. Victoria lui cachait sa situation. Elle lui mentait en lui racontant que tout allait bien, qu'elle avait plein d'amies et était heureuse. Elle écrivait que Malte la gâtait, qu'il était doux et gentil, exactement comme sa mère avait dit des hommes suédois, et qu'il était chef d'une grosse société informatique. Elle lui racontait avec enthousiasme les dîners charmants, les voyages en Méditerranée, leurs amis puissants, leur couple heureux et leur projet de fonder une famille.

Elle remerciait sa mère d'avoir eu la bonne idée de lui suggérer un mariage en Suède.

5

BIRGITTA NILSSON

Dans la salle d'attente du petit centre de santé, Birgitta Nilsson songeait encore à Tommy et Ingrid Steen. Des personnes formidables, tous les deux. Spirituels, pleins d'humour. Leur fille Lovisa avait à la fois hérité de la beauté de sa mère et de la verve de son père.

Birgitta retroussa la manche de son chemisier et promena les doigts sur l'eczéma qui était apparu au niveau de son coude. Puis elle passa la paume de sa main sur les côtes douloureuses de son flanc gauche.

Il lui restait deux ans avant la retraite. Son mari, Jacob, aurait déjà dû prendre la sienne, mais comme il dirigeait une société d'expertise comptable, il voulait continuer à travailler. Parfois, Birgitta s'imaginait que, sinon, ils auraient acheté une maison en Espagne où ils auraient coulé des jours heureux. Leurs garçons de vingt ans, les jumeaux Max et Jesper, seraient parfois descendus les voir avec leurs petites amies. En réalité, elle n'avait pas besoin d'une maison en Espagne. Tout ce qu'elle souhaitait dans la vie, c'était l'amour des personnes qui lui étaient les plus chères. Elle était tellement perdue dans ses pensées qu'elle n'avait pas entendu l'infirmière appeler son nom.

"Birgitta Nilsson.

— Oh pardon. Je rêvais."

Birgitta se leva et suivit l'infirmière. Au bout du couloir, une porte était entrouverte. L'infirmière invita Birgitta à entrer.

"Merci beaucoup, et encore pardon, je vieillis, je commence à ne plus avoir toute ma tête", s'excusa-t-elle en pénétrant dans la pièce.

Le docteur était un homme élégant, dans les trente-cinq ans. Cheveux noirs plaqués en arrière, mâchoire carrée et lèvres épaisses. Birgitta tendit la main, et l'homme l'invita à s'asseoir. Il se racla la gorge et commença à parler, mais Birgitta n'écoutait pas. Elle regardait la photo encadrée posée sur son bureau. Étendus sur une plage, une belle femme aux cheveux sombres et deux jeunes enfants bouclés, aux longs cils fournis riaient face à l'objectif.

"Quelle belle famille !" s'exclama-t-elle au beau milieu de l'exposé du docteur.

Il se tut et son regard se porta sur la photo.

"Vous devez être fier et heureux. Quels petits anges, quelle épouse charmante.

— Merci. Oui, vraiment. Mais nous devrions…"

Le docteur montra le document qu'il tenait à la main. Ce n'est qu'alors que Birgitta remarqua son air préoccupé.

"Désolée, je me perds en futilités. Votre temps est sûrement compté, d'autres attendent. Excusez-moi, je bavarde à tort et à travers. Je vous en prie, continuez."

Le docteur écarta une mèche luisante égarée sur son front et se gratta le cou. Ses yeux doux plongèrent dans ceux de Birgitta.

"Malheureusement, ce que nous redoutions se confirme : vous avez un cancer du sein."

Le docteur attendit une réaction de sa part, qui n'eut pas lieu.

"Vous avez entendu ce que j'ai dit, Birgitta ?

— Oui, oui."

Il se pencha en avant, posa la main sur la sienne et la regarda dans les yeux :

"Je comprends que vous soyez choquée et inquiète. Mais vos chances de survie sont bonnes. Nous vous contacterons dès que nous aurons trouvé un créneau pour vous opérer."

Birgitta lui sourit.

"Très bien, merci beaucoup."

Elle se leva. La chaise racla sur le sol.

"Voulez-vous que nous appelions quelqu'un pour vous ramener chez vous ?"

Birgitta secoua la tête.

"Non, je préfère ne pas les ennuyer avec ça. Je me débrouille."

Le docteur marmonna quelque chose, et Birgitta tendit la main pour prendre congé.

"Vous avez été convoquée de nombreuses fois pour une mammographie, mais vous n'êtes jamais venue."

Il la dévisageait. Birgitta sourit. Elle ne pouvait pas lui dire la vérité.

"J'ai eu tant à faire, vous savez."

Elle lâcha sa main et quitta la pièce.

6

INGRID STEEN

Tommy ronflait bruyamment. Ingrid posa ses pieds nus sur le parquet, rajusta sa chemise de nuit et se leva. À pas lents, elle quitta la chambre et descendit au rez-de-chaussée. Elle prit le manteau de Tommy, la trousse à couture et s'enferma aux toilettes. Elle se dépêcha de défaire les points qu'elle avait cousus le soir précédent et glissa la main dans la doublure. Elle en sortit le dictaphone, son voyant était vert. Il continuait d'enregistrer. Elle l'arrêta, vérifia qu'il était éteint et soupira.

Ingrid refoula l'envie d'écouter tout de suite son contenu. Elle commença par recoudre le tissu, sortir des toilettes et raccrocher le manteau.

Elle glissa le dictaphone dans la poche de son blouson et alla boire un verre d'eau à la cuisine. Dans quelques heures, Tommy allait participer au journal télévisé du matin, et Lovisa serait partie jouer chez une copine. Alors, elle aurait le temps d'écouter l'enregistrement. Elle avait peine à se retenir.

7

VICTORIA BRUNBERG

Malte avait la gueule de bois, ses petits yeux étaient injectés de sang et hostiles. Ils cherchaient l'erreur, quelque chose à corriger ou à commenter. Victoria avait préparé des œufs brouillés. Elle posa la poêle sur la table, la salière à côté et remplit un verre de jus de fruits. Il secoua la tête.

"Bière. Faut que je me débarrasse de cette gueule de bois."

Elle ne répondit pas, se retourna vers le réfrigérateur pour y pêcher une des canettes qui restaient de la veille.

"Autre chose ?"

Il grogna pour toute réponse. Victoria quitta la cuisine, mit un des blousons de Malte sur ses épaules, enfila une paire de bottes en caoutchouc et ouvrit la porte. L'air était froid et humide. Elle alluma une cigarette. Les champs étaient gris, le ciel était gris, tout était gris dans ce maudit pays. Une voiture rouge passa sur la route, à cinq cents mètres de là.

Si seulement elle avait eu le permis, elle aurait pu voler la fourgonnette de Malte et s'enfuir. Tout quitter, gagner Stockholm. Mais Malte lui avait pris son passeport et lui avait dit ce que lui ferait la police si elle se faisait prendre à conduire sans permis. Elle finirait en prison, ce qui serait encore pire que de rester à Sillbo.

Quand elle était arrivée de Moscou, ils avaient passé une nuit à Stockholm. Ils étaient descendus à l'hôtel, Malte l'avait invitée à dîner dans un bon restaurant. Ensuite, à l'hôtel, elle avait compris qu'elle était désormais sa propriété. Depuis, elle vivait soumise à ses conditions, était une figurante dans sa vie. Il attendait d'elle qu'elle s'occupe du ménage et écarte les jambes. En échange, il subvenait à ses besoins.

Le lendemain, ils avaient roulé jusqu'à Heby, puis continué dans la forêt jusqu'à Sillbo. Elle avait fait la connaissance des parents de Malte. Au cours d'un déjeuner à la pizzéria, ils l'avaient regardée fixement, comme une sorte d'animal.

Elle avait fait de son mieux pour être polie, avait posé des questions dans son mauvais anglais, mais ils avaient continué à se taire en la fixant. Dans la voiture, sur le chemin du retour, Malte lui avait dit que les Suédois n'aimaient pas trop parler.

Même si elle avait pu s'enfuir, Malte s'était assuré sa soumission par d'autres moyens. À l'insu de Victoria, durant les premiers mois, il avait systématiquement filmé leurs ébats. Il l'avait prévenue : si elle disparaissait, les vidéos seraient postées sur des sites pornos, en particulier russes.

Victoria écrasa son mégot dans le pot de fleurs et ôta le blouson.

La cuisine était vide, Malte était descendu au sous-sol. Elle entendait la télévision. Malte criait, appelait. Victoria rangea la cuisine, nettoya la poêle, vida le fond de bière dans l'évier en se demandant ce qu'elle allait faire le reste de la journée. Le réfrigérateur était presque vide. Elle allait devoir demander à Malte de la conduire à Heby pour faire les courses.

"Viens ici !" appela Malte depuis le sous-sol.

Victoria ferma les yeux, elle savait ce qu'il voulait. Elle descendit l'escalier.

"Pipe", ordonna-t-il, sans quitter l'écran des yeux, en baissant son pantalon de survêtement et son caleçon. Elle s'agenouilla devant le canapé et prit son pénis flasque dans sa bouche.

Il lui posa sa canette de bière sur la tête en pouffant.

"Putain, j'y avais pas encore pensé. Ces salopes de féministes ont donc raison, les femmes peuvent vraiment faire deux choses en même temps", dit-il en se calant au fond du canapé.

8

INGRID STEEN

Après avoir laissé Lovisa chez sa camarade de classe et échangé quelques mots convenus avec ses parents autour d'un café, Ingrid quitta la zone résidentielle et dirigea sa Toyota Prius gris métallisé vers le centre de Stockholm.

Elle avança l'enregistrement jusqu'à l'arrivée de Tommy à la rédaction et mit ses écouteurs blancs tout en roulant au hasard dans le centre-ville. Dictaphone dans la main gauche, poignet appuyé sur le volant, elle remontait lentement Sveavägen.

La réunion du matin dans le bureau de Tommy avec les chefs de service, une conversation avec un journaliste connu et primé sur sa dernière série de reportages, un moment de silence. Tommy tapant sur son clavier d'ordinateur. Globalement rien d'intéressant jusqu'à ce qu'Ingrid estimât être l'heure du déjeuner. Son portable sonnait, elle l'entendit fermer la porte de son bureau tout en décrochant. Sa voix jusqu'alors formelle avait changé de ton.

"Bientôt, mon cœur", disait-il.

Silence. Ingrid retint son souffle.

"Ah, tu aurais envie d'un déjeuner rallongé, hein ? J'ai un peu à faire, mais on peut se retrouver à l'endroit habituel dans trente minutes."

Ingrid freina à un feu rouge au niveau de la gare centrale. Quelques piétons traînant des valises à roulettes traversèrent la rue. Un homme aux vêtements sales fouillait une poubelle à la recherche de canettes consignées. Une femme passait avec une poussette.

Pourquoi personne ne réagit ? Mon monde s'effondre et tout continue comme si de rien n'était ?

Quelqu'un klaxonna derrière elle. Le feu était passé au vert. Elle appuya sur l'accélérateur, un peu trop fort, la voiture brouta avant d'avancer. L'œil sur la route, elle avança l'enregistrement de trente minutes, tout en s'engageant sur Centralbron. La circulation était dense sur le pont, seules deux files étaient ouvertes à cause de travaux. Dans ses écouteurs, elle entendit Tommy traverser la rédaction, le dictaphone dans son manteau enregistrait les flatteries. Ingrid savait qu'il adorait ça. Tommy aimait se sentir important. Peut-être était-ce pour avoir grandi avec un père lui aussi journaliste qui l'élevait seul ? Dès le début de leur relation, Ingrid avait remarqué combien Tommy était sensible aux courbettes. Tout le monde est content de s'entendre dire qu'il est doué, qu'il fait bien son travail, mais chez Tommy, les félicitations de ce genre prenaient le pas sur tout le reste. C'était comme ça qu'il avait expliqué sa première infidélité. Ingrid était enceinte de Lovisa de plusieurs mois. Elle l'avait mis à la porte, mais pardonné au bout de quelques jours. Il lui avait juré que c'était une aventure isolée, et elle l'avait cru.

Dans l'ascenseur, il se retrouvait englué dans une conversation avec deux journalistes sportifs. Le foot. Ingrid entendit à son ton qu'il voulait s'en aller, que ça l'ennuyait.

"Alors tu ne déjeunes pas avec nous, chef ?

— Désolé, j'aurais bien voulu. Mais j'ai un rendez-vous. Je vous assure, j'aurais préféré venir causer série A avec vous."

Des rires polis. Ces idiots le croyaient, visiblement. Ils ne comprenaient pas que leur chef partait tirer son coup avec sa maîtresse à l'heure du déjeuner.

Silence. Les portes de l'ascenseur s'ouvraient. Les pas de Tommy retentissaient. Ingrid devina que c'était dans un parking. Elle essaya de l'imaginer, de pénétrer son esprit. Avait-il mauvaise conscience ? Pensait-il à elle, à Lovisa ? Une portière de voiture s'ouvrait. Il s'installait au volant. Ingrid sursauta en entendant une autre portière s'ouvrir. Elle tendit l'oreille. Même si aucun mot n'avait été prononcé, elle était certaine qu'il y avait à présent une deuxième personne dans le véhicule. Une seconde elle se demanda si elle ne faisait pas fausse route. Tommy pouvait-il avoir un rendez-vous avec un informateur ? Elle balaya Söder Mälarstrand des yeux. Les bateaux y attendaient tristement sur les quais déserts l'arrivée du printemps.

La seconde suivante, elle entendit une fermeture éclair s'ouvrir et Tommy gémir.

"Il y a le feu, aujourd'hui ? s'esclaffait-il.

— Puisque tu m'obliges à baisser la tête, je voulais juste me rendre un peu utile. On a combien de temps ?

— Tout le temps qu'on veut."

Ingrid eut un vertige. Elle jeta un coup d'œil dans le rétroviseur, serra à droite, s'arrêta, se débarrassa des écouteurs et se jeta hors de la voiture. Elle se précipita au bord du quai et vomit dans l'eau noire.

9

BIRGITTA NILSSON

Birgitta Nilsson était persuadée qu'elle allait mourir. Elle se représenta les trois hommes avec lesquels elle avait vécu ces vingt-deux dernières années, autour desquels toute sa vie avait gravité.

Les jumeaux Max et Jesper seraient là, l'un pour l'autre. Ils avaient beau avoir bientôt vingt et un ans, ils habitaient ensemble, ne faisaient rien l'un sans l'autre. Elle espérait qu'ils s'occuperaient de Jacob. Leur père les adorait et les gâtait. Jacob était un homme dur et froid qui ne lui avait jamais témoigné la tendresse qu'elle aurait souhaitée, mais son amour pour ses fils était inconditionnel. Il compensait ainsi la froideur qu'il lui manifestait – aimer ensemble quelqu'un, c'est comme s'aimer, avait-elle l'habitude de se dire.

"Comment ça s'est passé au travail aujourd'hui, mon chéri ?" demanda-t-elle à son mari tout en passant le plat de pommes vapeur à Max.

Jacob grommela. Il était encore irrité que le dîner ait été servi plus tard que d'habitude. Birgitta s'était dépêchée de rentrer de chez le médecin, mais n'avait terminé de préparer le repas des garçons – comme elle les appelait tous les trois – qu'à sept heures et quart.

Pas étonnant qu'ils soient taciturnes, ils étaient morts de faim.

Ils se mirent à parler de bateaux, ce qui, avec le hockey, était un de leurs sujets préférés. Birgitta suivait la conversation sans y participer. Jacob songeait depuis longtemps à acheter un nouveau bateau, et il fut décidé que ses fils et lui iraient à Västerås en voir un qui était à vendre.

"Je suis contente pour vous", dit Birgitta.

Personne ne répondit.

Quand ils eurent fini de manger, ils passèrent dans le séjour en laissant leurs assiettes à table. Birgitta débarrassa, rangea la cuisine et répartit les restes dans trois boîtes en plastique. Une rouge pour Jacob et deux bleues que les jumeaux pourraient emporter dans leur appartement. Leurs voix apaisaient Birgitta. Ce bruit de fond, son mari et ses fils devant la télévision, était le décor de sa vie depuis qu'à la quarantaine elle était miraculeusement devenue maman. Elle avait fait son devoir, rempli sa mission. Les jumeaux étaient adultes, se débrouillaient seuls.

Ce qu'elle disait ne recueillait le plus souvent qu'indifférence de leur part, et elle avait cessé de se forcer. Il lui arrivait de rêver de l'époque où ils étaient petits. Dépendants, vulnérables. Quand ils se glissaient la nuit dans la chambre de leurs parents. Parfois, la douleur de savoir ce temps à jamais révolu la faisait tressaillir. Après, elle se sentait idiote. Elle ne pouvait s'empêcher d'éprouver de la jalousie à l'égard des parents d'élèves de sa classe. Ils vivaient les meilleures années de leur vie.

Deux heures plus tard, Birgitta et Jacob étaient côte à côte sur le pas de la porte pour dire au revoir à leurs fils. Ils les regardèrent traverser le jardin et descendre vers l'arrêt de bus avant que Jacob ne referme derrière eux et se tourne vers elle.

"Pourquoi tu as mis tant de temps à rentrer ?" demanda-t-il. Il serrait les mâchoires.

"Mais mon chéri, il y avait une réunion avec les parents et…"

Le premier coup tomba – un poing fermé, au même endroit que la semaine précédente. Birgitta chuta. Il la fixa, étendue à terre. Silencieuse, immobile.

"Si tu n'étais pas aussi moche, je t'aurais soupçonnée d'avoir un amant. Mais qui voudrait te baiser ?"

Elle fixa son regard sur sa main droite. Ses doigts tremblaient. Comme s'il n'avait pas encore décidé s'il y aurait d'autres coups. Mais Birgitta savait, elle le connaissait assez bien pour deviner qu'il y en aurait d'autres. Dès le matin, elle avait su. Il était taciturne, renfermé. C'était quand Jacob ne lui aboyait pas dessus qu'il fallait faire attention.

La visite des enfants n'avait fait que retarder la violence. Jacob se pencha, l'attrapa par le chemisier, et Birgitta ferma les yeux. Il frappa de nouveau. L'air lui manqua soudain. Elle roula sur le côté, le visage face au mur, et entendit ses pas s'éloigner vers le séjour.

Birgitta resta là une minute, rassembla ses forces avant de se relever péniblement.

10

INGRID STEEN

Ingrid dit à Lovisa de jouer toute seule, et alla se laver les dents dans la salle de bains. Elle évitait de se regarder dans la glace. Elle rabattit le couvercle de la cuvette des WC et s'assit. Inspira plusieurs fois à fond. Une partie d'elle-même aurait voulu continuer, faire comme si de rien n'était. Des centaines de milliers, sinon des millions de femmes vivaient avec des maris infidèles. Elle savait bien que Tommy l'avait déjà été, et elle lui avait alors pardonné. Que serait-il arrivé sinon ? Lovisa aurait dû grandir avec des parents séparés. Quant à elle, elle aurait sans doute repris son métier de journaliste, toute la journée loin de chez elle, stressée, se sentant inutile.

Elle se racla la gorge, se leva et gagna la cuisine.

À côté du grand réfrigérateur en inox, un ordinateur Apple affichait l'emploi du temps de Tommy et le sien. L'idée était que les époux y notent leurs activités et leurs horaires au cours de la semaine, afin d'organiser le quotidien. La couleur de Tommy était le bleu, la sienne le rouge. Neuf points sur dix de l'agenda concernaient Tommy. Réunions, réunions, réunions. Galas, réceptions, rencontre du club des annonceurs. À part trois séances de sport, tous les points d'Ingrid concernaient Lovisa. Aller la chercher à l'école, la déposer à la danse, au foot, faire les devoirs. La semaine suivante, la seule exception était un rendez-vous avec l'institutrice, en vert, puisque c'était une activité commune. Tommy avait stoïquement proposé de l'y accompagner.

Elle ferma la fenêtre de l'agenda d'un clic irrité et tapa dans Google : *mari infidèle que faire ?*

11

VICTORIA BRUNBERG

Ils se garèrent devant le sinistre supermarché ICA de Heby. Le ciel était gris, la pluie menaçait. Des gens en survêtement traînaient leurs sacs vers leurs voitures rouillées.

Victoria entra et prit un chariot.

"Grouille-toi. Et n'achète pas de conneries inutiles, je ne suis pas millionnaire", grommela Malte.

Ça, non, vraiment pas, pensa Victoria.

Malte marchait devant elle. Avec son tee-shirt trop court et son pantalon de survêtement gris qui tombait, il offrait une vue imprenable sur la raie de ses fesses. Il s'en fichait. Il lâchait mollement un "Salut" ou se contentait d'un signe de tête aux connaissances qu'il croisait.

Au rayon lait, Malte s'était mis à soupirer et à croiser ostensiblement les bras quand Victoria aperçut Mi – l'épouse thaïlandaise de Lars. La petite femme se fendit d'un grand sourire, comme ouverte au couteau d'une oreille à l'autre. Elle était toujours gaie. C'était quoi, son problème ? Elle se plaisait donc dans ce trou infernal, parmi ces bouseux débiles et grossiers ?

"Saaalut Victoria, comment ça va ?"

Victoria répondit d'un sourire crispé à son bonjour chantant. Malte et Lars s'étaient eux aussi trouvés. Leurs rires tapageurs retentissaient dans tout le magasin.

"Je faire nouilles ce soir. Tu faire quoi ?" demanda gaiement Mi, en regardant dans le chariot de Victoria et en commençant à soulever ses marchandises pour les examiner.

Une tarte au cyanure et aux éclats de verre, pensa Victoria.

"Du *pyttipanna**", répondit-elle. Elle n'avait même pas le courage de se forcer à sourire.

Lars et Malte arrivaient. Malte tenait Lars par les épaules.

"Ça se fête, laisse tomber ces conneries", dit-il en montrant le contenu du chariot.

Victoria le regarda, interloquée.

"Lars va être papa, ajouta-t-il en lui assénant une tape dans le dos.

— Mi me l'a annoncé ce matin", expliqua fièrement Lars.

Victoria soupira intérieurement. Certes, ça ferait du bien de sortir, même si cette expédition à Heby ne serait pas exactement l'odyssée du bonheur, mais au moins, ça romprait l'ennui. Mais elle allait à présent devoir supporter un après-midi et une soirée à l'auberge de Heby.

"On ne fait plus les courses ? demanda-t-elle.

— Mais putain, tu peux pas être un peu gaie et spontanée, bordel ! gueula Malte. Tu entends bien ce que Lars et Mi disent. Ils vont être parents, ça se fête.

— Il faut que je rentre me changer. Toi aussi", dit Victoria en montrant son pantalon de survêtement taché.

"Bah ! J'emprunterai une chemise à Lars. Hein, Lasse ? Et tu pourras prendre une des robes de Mi. Ce sera rigolo, non ?"

Victoria regarda la petite Thaïlandaise qui levait le pouce en souriant.

Victoria se figea.

---

* Fricassée de pommes de terre, oignons et viande en dés, servie avec un œuf au plat et une salade de betteraves. *(N.d.T.)*

12

INGRID STEEN

Assise à la table de la cuisine, Ingrid la voyait déferler en provenance des USA sur la Suède et sur le monde entier : la vague #MeToo était partout.

Le flux Facebook d'Ingrid était plein de femmes qui se levaient, prenaient la parole et criaient. Viols, abus sexuels, soumission. Toutes avaient quelque chose à raconter, toutes. C'était hypnotisant. Elle ne pouvait s'arrêter de lire ces récits. Elle se remémora sa vie. Son adolescence à Västerås. Des années où elle tiquait à peine d'être traitée de pute au bar par un dragueur éconduit. Des nuits où, après s'être enivrée à une fête, elle se réveillait sans culotte et avec des souvenirs fragmentaires de mains sur son corps. Bien sûr qu'il s'agissait d'abus sexuels. Et ça ne s'arrêtait pas là. Ses premières années au journal, des collègues féminines lui avaient conseillé de ne pas se retrouver seule avec certains reporters et photographes. Les collègues masculins qui riaient et minimisaient les faits quand les mains baladeuses de l'un d'eux, un peu trop éméché, pinçaient fesses, seins ou hanches. Le reporter du service criminel qui, lorsqu'elle avait tendu la main pour se présenter, au début de sa première semaine de travail, l'avait reluquée de la tête aux pieds et, au lieu de dire son nom, avait lâché : *Quelle magnifique bouche à pipe !*

Les abus avaient longtemps fait partie du jeu, mais les règles avaient désormais changé.

Ingrid reposa son téléphone et se leva. Elle alla dans la chambre de Lovisa voir si sa fille dormait. Elle la bordait quand elle entendit la voiture de Tommy. Il remonta l'allée d'un pas rapide. Ingrid referma la chambre de Lovisa et descendit l'escalier. Tommy ôtait ses chaussures. En la voyant, il secoua la tête.

"Quelle journée pourrie, non ? Je dois être à la rédaction demain matin dès sept heures."

Comme Ingrid ne répondait rien, il continua : "Une publication sensible. Sacrément sensible. Je vais recevoir la version finale de l'article d'ici une demi-heure."

Ils gagnèrent la cuisine. Ingrid prépara du café pour eux deux pendant que Tommy s'installait à table.

"Deux collaboratrices sont venues me voir aujourd'hui. Elles veulent que je vire Ola Pettersson et Kristian Lövander. Apparemment, ils se sont mal comportés.

— Mais tu le savais déjà, non ?"

Tommy fit un sourire las.

"Oui, mais ils ne pensent pas à mal. Ce sont de vieux schnocks d'un autre temps. Toutes ces histoires d'égalité, c'est nouveau pour eux. Et ils ont tendance à picoler. S'ils se comportent comme ça, ça n'est pas par méchanceté. Et puis, on a besoin d'eux au journal, ce sont des journalistes respectés, avec une expérience à laquelle peu d'autres peuvent prétendre. Les lecteurs leur font confiance. Putain, Lövander m'a pris sous son aile quand je suis arrivé au journal ! Je ne peux pas le virer.

— Qu'as-tu dit à ces femmes, alors ?

— Que j'allais mener mon enquête, en leur assurant qu'on laverait notre linge sale en famille, pour ainsi dire."

Ingrid sentit le malaise s'emparer d'elle. Deux jeunes femmes étaient venues voir Tommy, solliciter son aide, mais il les avait repoussées et muselées.

"Tommy, tu dois…"

Il sursauta et la dévisagea.

"Je dois, que dalle. Tu ne piges pas ce qui est le mieux pour le journal, pour nous ?

— Mais…

— Ferme ta gueule, putain ! Je ne suis pas d'humeur. Tu n'as aucune idée de ce dont tu parles, là."

Ingrid se tut. Ils finirent leur café en silence, puis Tommy se leva et monta à l'étage. Ingrid débarrassa les tasses vides et les rinça.

13

BIRGITTA NILSSON

Un vent froid soufflait, mais le soleil brillait et faisait scintiller l'eau à Aspudden. Birgitta Nilsson alluma une cigarette, inspira doucement la fumée, étouffa une quinte de toux et souffla. Elle but une grande gorgée de Coca-Cola à la bouteille. Soda et nicotine étaient le mélange de goûts qu'elle associait avec ce quartier où elle avait grandi.

Une fois par an, elle y retournait, déambulait parmi les barres d'immeubles et terminait sa promenade en s'asseyant sur les rochers avec son Coca et ses cigarettes.

Elle n'en avait jamais parlé ni à Jacob ni à ses fils, et aucun d'eux n'avait non plus posé de questions. Elle changea de position et sentit ses côtes douloureuses.

Pourquoi n'êtes-vous jamais venue aux mammographies ? avait demandé le docteur. Birgitta sourit puis éclata de rire. Elle inspira une nouvelle bouffée de cigarette et vérifia qu'elle avait bien du chewing-gum pour masquer l'odeur.

Ce qu'il aurait été étonné si elle lui avait dit la vérité.

Parce que mon mari a pris l'habitude de me démolir, quand ça lui chante. Il me cogne là où ça ne se voit pas. Et j'ai fini par me dire que tant que ça ne se voit pas, ça n'existe pas.

Elle avait vingt-sept ans quand elle avait rencontré Jacob dans un bar du quartier Klara, aujourd'hui rasé. Elle ne se rappelait pas le nom de l'établissement, et ça n'avait aucune importance. Jacob était sorti avec quelques amis. Un expert-comptable fraîchement diplômé, cheveux plaqués en arrière et cravate fine. Un snob, avait-elle pensé. Un de ses collègues était venu les trouver, elle et son amie, pour les inviter à leur table. Elles avaient répondu qu'elles allaient y réfléchir et, un moment plus tard, elles avaient rejoint la bande des économistes. À l'époque, Jacob était déjà taciturne, introverti. Pendant que ses camarades faisaient la conversation, il sirotait tranquillement un verre de vin, glissant de temps en temps un commentaire. Plus tard dans la soirée, le groupe avait migré vers une boîte de nuit. Le haut volume sonore ne plaisait pas à Birgitta. Jacob l'avait prise par le bras et lui avait proposé d'aller ailleurs, dans un endroit où on pouvait s'entendre.

"Les autres viennent aussi ?" avait-elle demandé.

Jacob avait secoué la tête.

"Non, seulement toi et moi."

Elle s'était sentie choisie, spéciale. Elle avait compris que Jacob était avare de ses mots. Là, elle était devenue sienne. Là, sa vie avait changé. Si Birgitta ne l'avait pas suivi, tout aurait sans doute été différent, elle n'aurait alors peut-être pas eu des bleus et des rougeurs à cacher quand elle était convoquée à des mammographies.

Deux enfants en combinaisons colorées, de gros bonnets enfoncés sur le front, jetaient des cailloux dans l'eau depuis la plage. Birgitta regarda alentour si quelqu'un les surveillait. Un accident est si vite arrivé. Assise sur un banc, une jeune femme supervisait leur jeu. Birgitta hocha la tête. En même temps, une partie d'elle éprouvait de la déception. Si les enfants avaient pu s'aventurer dans l'eau, elle les aurait secourus. La gratitude des parents l'aurait comblée. Peut-être auraient-ils parlé d'elle dans le journal local ? Ou si elle était morte en leur portant secours ? Elle n'imaginait pas plus belle fin que de sacrifier sa vie pour deux enfants. Peut-être qu'alors même les jumeaux et Jacob auraient été fiers d'elle, et auraient dit de belles choses à son sujet dans le journal.

"Tu deviens folle", se murmura-t-elle.

14

VICTORIA BRUNBERG

La robe rose qu'elle avait empruntée à Mi était bien trop petite et lui remontait sur les fesses au moindre mouvement imprudent. Victoria était obligée d'être sans cesse sur ses gardes pour ne pas montrer ses parties les plus intimes à la clientèle de l'auberge de Heby.

On leur avait donné une table de quatre. Les hommes s'étaient placés face à face. Victoria était recroquevillée sur une chaise inconfortable avec, de l'autre côté de la table, Mi qui n'arrêtait pas de rire en hochant la tête.

La viande coriace et les frites molles étaient avalées. Malte avait passé le doigt au fond de son assiette pour récupérer les derniers restes de sauce béarnaise.

"Maintenant on picole ! Enfin, pas toi, Mi. Pour que ton gosse ne soit pas malformé et débile !" s'exclama Malte en levant son verre et en découvrant ses dents jaunes. Les coins de ses lèvres et ses joues luisaient de graisse. Le rire hystérique de Mi perçait les oreilles de Victoria.

"Santé, bordel !" lança Lars avant d'écluser sa bière en hélant aussitôt le garçon pour en avoir une autre.

Les premiers mois, Victoria avait fait la conversation à Malte, tenté de leur trouver au moins quelques points d'intérêt commun. De le maintenir content et gai. Cette époque était révolue. Elle avait de plus en plus de mal à cacher son mépris. Elle ne comprenait pas comment Mi faisait pour garder le moral. La petite Thaïlandaise riait en hochant la tête au moindre commentaire idiot qui s'échappait de la bouche des deux amis. Elle semblait satisfaite de sa vie à Heby, satisfaite d'avoir un homme gras qui ne se lavait jamais et parlait d'elle comme d'une sorte d'animal de compagnie. N'y avait-il rien d'autre derrière ce rire et ces yeux vides ?

"Tu veux m'accompagner aux toilettes ?" proposa Victoria.

Mi hocha la tête.

Elles se levèrent. Victoria se dépêcha de rabattre sa robe pour qu'elle couvre au moins la moitié de ses fesses. Dans l'auberge, les hommes ricanaient en se léchant les babines, sans gêne. Dans la queue des toilettes, deux Suédoises d'un certain âge dévisagèrent Victoria.

"Des putes d'importation", chuchota l'une d'elles à sa voisine en les montrant de la tête. Victoria les fusilla du regard, puis jeta un coup d'œil à Mi, qui semblait complètement indifférente.

Les femmes disparurent.

"Ça ne te dérange pas qu'elles parlent de toi comme ça ?" demanda-t-elle à Mi en se laissant tomber sur le siège des toilettes.

Mi parut étonnée.

"Non."

Victoria soupira et désigna son ventre.

"Tu es contente ?

— Très. Lars content aussi. Je veux lui content.

— Tu ne détestes pas ce putain d'endroit ?

— Heby ?

— Oui.

— Heby, joli.

« — Mais ton pays ne te manque pas ? Ta famille, tes amis ?

— Je n'avais pas de famille. Je n'avais rien. Ici, j'ai tout. »

Victoria soupira en rajustant sa robe. Mi ouvrit la porte et des regards méprisants se braquèrent sur elles, tandis qu'elles se frayaient un chemin dans le couloir des toilettes. À Iekaterinbourg, elle aurait arraché les yeux des femmes qui l'auraient toisée ainsi, mais personne n'avait jamais osé. Pas après sa rencontre avec Youri.

Elle travaillait dans une boutique de sous-vêtements dans un luxueux centre commercial du centre-ville. Un matin, Youri était entré en compagnie d'une belle femme et de deux gardes du corps. La blonde platine l'avait snobée quand elle lui avait proposé son aide, avait froncé le nez en la chassant d'un signe de la main.

Tandis qu'elle emportait dans la cabine d'essayage une brassée d'ensembles de sous-vêtements de luxe, Youri avait fait un clin d'œil à Victoria. Un instant plus tard, la blonde était ressortie et avait nonchalamment jeté les articles sur le comptoir, avec un mouvement du menton. Youri s'était levé de son fauteuil et avait tendu sa carte American Express. Il tenait aussi un petit papier avec un smiley et un numéro de téléphone.

Une fois le couple parti, Victoria avait regardé ces chiffres et compris qu'ils étaient la chance de sa vie. Elle avait beau être bien contente d'avoir un travail, elle en avait assez de servir des millionnaires cassantes pour un salaire qui couvrait tout juste son loyer et sa nourriture. Dans des boîtes de nuit d'Iekaterinbourg, elle avait vu des hommes comme Youri flamber en une soirée plus qu'elle ne gagnait en un an. Leurs femmes pouvaient à peine marcher sous le poids des diamants et des bijoux en or qui ornaient leurs corps frêles. Quelque part au fond d'elle-même, elle avait toujours su qu'elle serait un jour l'une d'entre elles et, en voyant Youri incapable de la quitter des yeux, elle avait compris que son heure était venue. Mais son séjour dans le cercle des gangsters d'Iekaterinbourg ne devait pas être une excursion de courte durée – les hommes comme Youri changeaient de femme chaque mois – non, elle allait jouer les bonnes cartes.

Quatre jours passèrent avant qu'il ne se pointe à nouveau. Depuis sa première visite à la boutique, elle s'était mise à passer de plus en plus de temps devant le miroir le matin. Cette fois, il venait sans Ivana, accompagné d'un seul garde du corps. Il portait un paquet. Sans quitter Victoria du regard, il s'était dirigé vers la caisse en le brandissant.

"Vous n'avez pas été satisfait ?" avait demandé Victoria avec un sourire taquin. Elle avait sorti un des strings du paquet. "Il faut une vraie femme pour porter ça. Malheureusement, nous ne reprenons pas les sous-vêtements. Dites à votre épouse de faire plus attention en essayant, la prochaine fois.

— Vous n'avez pas appelé, avait-il dit.

— Appelé ?" Victoria avait l'air étonnée. "Qui aurais-je dû appeler, selon vous ?"

Youri avait souri en coin.

"Dînez avec moi. Ce soir ?

— Dîner ou non, vous ne pouvez pas échanger ces sous-vêtements, désolée. C'est notre politique.

— On s'en fiche, de ces sous-vêtements. C'est vous que je veux voir.

— Je travaille, comme vous voyez."

Victoria avait senti son cœur s'emballer. Allait-elle trop loin ? Elle s'apprêtait à accepter quand Youri avait saisi le téléphone de la caisse.

“Le numéro de votre chef ?”

Victoria le lui avait donné. Il s'était présenté, déclinant nom et prénom. Elle avait entendu la voix étonnée de son chef avant que Youri ne se détourne et ne s'éloigne un peu, téléphone à l'oreille. Quelques minutes plus tard, il était revenu vers elle.

“Très bien, c'est donc d'accord, je demande à mon avocat de vous envoyer le contrat. Au revoir.”

Après avoir raccroché, Youri lui avait rendu le téléphone.

“Je viens d'acheter la boutique. Les horaires viennent de changer et vous terminez dans cinq minutes.”

Victoria fut tirée de ses souvenirs par un brusque coup de coude de Malte.

“Ils ne servent plus à table, va chercher deux bières”, lui intima-t-il en indiquant le bar.

15

INGRID STEEN

Tommy ne se montra pas au rendez-vous avec l'institutrice comme il l'avait promis. Ingrid se retrouva seule, recroquevillée sur un des petits bancs de la classe, tandis que la maîtresse, Birgitta, prenait place en face d'elle.

Ingrid avait du mal à mettre de l'ordre dans ses idées après sa dernière conversation avec Tommy. Comment pouvait-il faire preuve d'un tel manque d'empathie ? Les femmes de son journal étaient terrorisées par ces deux reporters depuis des temps immémoriaux. Et personne n'y faisait rien. Au lieu de ça, Tommy allait se pavaner sur les plateaux télé pour parler égalité homme-femme et se faisait mousser en se frappant la poitrine pour avoir fait entrer une femme dans l'équipe dirigeante de la rédaction. C'était un hypocrite. Et Ingrid elle-même était encore plus hypocrite de l'épauler.

"Attendons-nous le rédacteur en chef ? demanda Birgitta en lorgnant la porte.

— Pas la peine. Malheureusement, il n'a pas pu se libérer de ses obligations au journal", répondit mécaniquement Ingrid. Combien de fois, ces dernières années, s'était-elle entendue répéter la même phrase ? Pourquoi continuait-elle à protéger ce salaud infidèle ? Cette vieille peau voulait peut-être elle aussi faire partie de son harem ?

"Comme c'est dommage, dit Birgitta. Mais je comprends, bien évidemment. Il fait un travail très important, avec toutes ces horreurs qui se passent dans le monde." Ingrid ne répondit pas. Birgitta n'en finissait pas de tresser des lauriers à Tommy. "J'ai lu son éditorial dimanche dernier. Comme il écrit bien. Quelle émotion. Vous devez être si heureuse et fière."

Ingrid dut se faire violence pour ne pas lever les yeux au ciel. Elle se tortilla tant sur place que le pied de sa chaise racla le sol.

"On commence ?

— Bien sûr, chère amie", dit Birgitta en frappant dans ses mains. Elle jeta un coup d'œil à la feuille posée devant elle. "La petite Lovisa tient de son père et de sa mère pour l'intelligence et la beauté. Elle est brillante dans toutes les matières et…"

Ingrid s'installa dans la voiture. Elle ne pouvait pas laisser ça continuer, il fallait qu'elle fasse quelque chose. Elle bouillait de colère. Elle sortit son téléphone et envoya un SMS à sa baby-sitter, en lui demandant de rester deux heures de plus. Sans attendre de réponse, elle se dirigea vers la rédaction d'*Aftonpressen*, en centre-ville.

Après avoir tourné quelques minutes à la recherche d'une place de stationnement, elle se lassa, se gara sur une zone de livraison et coupa le moteur. Elle franchit les portes coulissantes et s'avançait vers le tourniquet quand elle s'avisa qu'elle n'avait pas de passe. Elle fit demi-tour et se présenta à la réceptionniste.

"Je viens voir le rédacteur en chef, Tommy Steen."

La réceptionniste hocha la tête.

"Vous avez rendez-vous ?

— Je suis sa femme."

La fille derrière son comptoir afficha un sourire gêné.

"Désolée, il faut un passe ou un rendez-vous. C'est la règle. Vous pouvez peut-être l'appeler pour lui demander de descendre vous chercher ?"

Ingrid se pencha et la cloua du regard :

"Vous allez m'ouvrir, tout de suite. Compris ?"

La femme ouvrait la bouche quand Ingrid entendit appeler son nom. Elle fit volte-face. Une de ses anciennes collègues, Mariana Babic, l'embrassa affectueusement.

"Tu viens voir Tommy ? demanda-t-elle.

— C'était mon intention.

— Dommage. J'espérais un come-back – mais tu aurais déjà un passe évidemment. Viens avec moi."

Mariana fit glisser deux fois son badge dans le lecteur pour faire entrer Ingrid. Dans l'ascenseur, Ingrid ne pensait qu'à une seule chose : Mariana était-elle au courant de la liaison de Tommy ? Elles étaient arrivées au journal ensemble, s'étaient beaucoup fréquentées, même hors du travail, et maintenant Mariana était chef du service politique, une des dirigeantes du journal. Ingrid se sentait inférieure, empotée et confuse, tandis que Mariana l'assaillait de questions. Y avait-il une pointe de pitié sur le visage de cette dernière ?

Les portes de l'ascenseur s'ouvrirent, elles en sortirent.

"Je n'ai pas besoin de te montrer où est son bureau ? dit Mariana en riant.

— Je vais trouver."

Mariana la dévisagea avec gravité.

"Ce serait… on pourrait se voir un de ces jours. Si tu veux ?

— Bien sûr, répondit Ingrid, même si elle savait que Mariana disait ça surtout pour être aimable.

— Très bien. À plus, alors."

Elle se pencha pour embrasser Ingrid avant de disparaître au bout du couloir. Ingrid se dirigea vers le bureau de Tommy. Elle reconnut quelques personnes qu'elle salua rapidement sans s'arrêter. Elle passa devant le service culture et traversa le plateau central, le cœur du journal.

Le bureau vitré de Tommy était placé de façon à lui donner une vue d'ensemble sur la salle de rédaction. Les pieds sur sa table, concentré, il tapait sur l'ordinateur posé sur ses cuisses. Elle toqua et entra. Il leva les yeux, étonné, peu de ses employés entraient sans attendre sa réponse.

"Que fais-tu ici ? Lovisa va bien ?

— Oui, ne t'inquiète pas."

Ingrid referma la porte derrière elle, tandis que Tommy se redressait et écartait son ordinateur. Elle s'assit sur un des deux fauteuils en face de lui.

"Que va-t-il se passer avec Ola Pettersson et Kristian Lövander ?" demanda-t-elle.

Tommy la dévisagea, interloqué.

"Comment ça ?

— Ce sont des accusations graves qui ont été portées contre eux.

— Mais putain qu'est-ce qui te prend de débarquer ici pour me parler de ça ? Je pensais m'être clairement expliqué l'autre jour."

Ingrid tourna la tête et balaya des yeux la salle de rédaction. Puis regarda à nouveau Tommy.

"Lors d'une de mes premières fêtes d'été au journal, Ola Pettersson a glissé ses doigts sous ma jupe en disant qu'une des obligations d'une stagiaire était d'être « essayée » par lui. Il avait quarante ans, moi vingt-trois."

Tommy la considéra, l'œil vide, sans réagir. Elle se demandait comment il avait séduit la jeune journaliste qu'elle avait entendue le sucer dans la voiture. Elle venait peut-être de croiser cette femme.

"C'est un idiot, mais…

— Mais quoi, Tommy ? C'est un idiot, mais il a reçu de grands prix de journalisme et donc il a le droit de tripoter la chatte des filles ? Et Kristian Lövander ? Son Stylo d'Or lui donne le droit de traiter les petites stagiaires de salopes ? C'est un avantage en nature qui va avec son salaire ?

— Du calme, tu sais très bien que ce n'est pas ce que je veux dire.

— Et qu'est-ce que tu veux dire, alors ?"

Tommy soupira. Il passa sa main sur sa barbe de trois jours.

"Vire-les. Comment voulez-vous être crédibles si vous ne commencez pas par faire le ménage chez vous ?" dit-elle en serrant les poings. Elle inspira à fond. "Putain, tu es un foutu hypocrite, un foutu lâche hypocrite, voilà ce que tu es !" cria-t-elle.

Tommy sursauta.

"Qu'est-ce qui te prend ? Calme-toi."

Il jeta un regard inquiet par-dessus l'épaule d'Ingrid et salua de la main avec une gaieté feinte une personne qui passait.

"Si ces deux porcs n'ont pas été virés d'ici quarante-huit heures, j'irai raconter à *Sveriges Nyheter* mes souvenirs des frasques d'Ola Pettersson, noms et photos à l'appui.

— Tu ne ferais jamais ça", dit Tommy. Elle vit son visage virer au rouge. L'instant d'après, il explosa. "Tu n'es pas déloyale à ce point, tu nuirais au journal, tu me nuirais."

Il se leva si brusquement que son fauteuil se renversa avec fracas.

Loyauté ? Qui était-il pour lui parler de loyauté ? L'hypocrite. Ingrid ouvrit la bouche pour lui crier qu'elle savait tout sur son infidélité, mais se ravisa. Elle serra les poings et inspira à fond.

#MeToo. Les règles du jeu avaient changé, elle allait jouer finement. Tommy la regardait, furieux. Son visage était cramoisi.

"Ces gros porcs doivent avoir quitté la rédaction d'ici quarante-huit heures", dit-elle lentement avant de se lever.

Elle quitta le bureau, tremblante de colère. Elle traversa la rédaction le visage fixé droit devant elle, sans saluer personne.

16

VICTORIA BRUNBERG

Malte ronflait à côté d'elle. Le moindre pore de son corps lourd dégageait une écœurante odeur d'alcool. Victoria posa les pieds par terre, ouvrit la fenêtre encore plus grand avant de se remettre sous la couette. Trois minutes plus tard, elle se leva une nouvelle fois. Malte se lèverait tard le lendemain. Si elle partait en voiture, roulait jusqu'à Stockholm et de là prenait le ferry pour Saint-Pétersbourg, il ne la retrouverait pas. Tout ce dont elle avait besoin était un passeport et quelques milliers de couronnes pour l'essence et le billet de bateau. Elle pourrait s'installer dans une petite ville au bord de la Baltique où personne ne la connaîtrait, prendre un emploi dans une boutique, recommencer de zéro.

Tout valait mieux que d'être l'animal de compagnie de Malte.

Victoria se glissa dans l'entrée et descendit au sous-sol. Elle regarda autour d'elle. Malte rangeait les choses de valeur dans un petit coffre-fort, il devait aussi y garder du liquide. Son cœur tambourinait dans sa poitrine, elle se sentait exaltée, pleine d'énergie.

Elle allait partir d'ici. Enfin. Elle commença à chantonner la mélodie de l'hymne national russe tout en pêchant les clés dans le pot de fleurs. Elle aperçut les champs gris au-dehors, plongés dans un épais brouillard.

Elle alla ouvrir le coffre-fort. Son passeport bordeaux était tout au fond et elle trouva trois mille couronnes dans une enveloppe. Elle prit l'argent et fourra le passeport dans la poche arrière de son jean. Elle enfila un épais blouson et regarda autour d'elle dans l'entrée. Elle n'avait besoin de rien d'autre, elle ne voulait garder aucun souvenir de cette maison.

D'habitude, les clés de la voiture étaient accrochées à un clou. Victoria chercha à tâtons, mais il n'y avait rien.

17

INGRID STEEN

Ingrid regardait fixement la femme sur l'écran de son ordinateur portable.

Elle s'était connectée sur le site Aftonpressen-TV pour avoir les dernières nouvelles du mouvement #MeToo et soudain – cette voix. La même qui pouffait sur l'enregistrement, dans la voiture de Tommy. Et maintenant : les mêmes lèvres qui lui avaient sucé la bite. Ingrid fit un arrêt sur image et se pencha en avant. La présentatrice Julia Wallberg était blonde, avait de grands yeux verts et des lèvres dignes d'une publicité pour cornets de glace. Elle était extrêmement belle. Et jeune. Quel âge ? Ingrid alla sur Wikipédia. Vingt-cinq ans. Elle avait connu une ascension éclair, désignée cette année parmi les personnes de moins de trente ans les plus influentes de Suède. Ingrid l'avait-elle aperçue, plus tôt dans la journée, à la rédaction ? Non, elle se faisait des idées. Elle chercha le compte Instagram de Julia. 22 000 *followers*. Des photos en studio, au bar, en terrasse l'été.

Une photo de Palma de Majorque. Tommy s'y était lui aussi rendu en juillet, avec un ami d'enfance. Ingrid se leva, alla vérifier l'agenda sur l'ordinateur près du réfrigérateur. Ils y avaient été en même temps. Depuis quand cette liaison durait-elle ? Elle fit à nouveau défiler le flux Instagram. Écarquilla les yeux en voyant que

Julia Wallberg venait de poster, quelques secondes plus tôt seulement, une photo prise à la Taverna Brillo.

Ingrid fila à l'étage vérifier que Lovisa dormait, passa à la salle de bains se maquiller en vitesse, enfila un pull, prit son blouson et verrouilla la porte de la maison derrière elle.

VICTORIA BRUNBERG

Vingt minutes plus tard, Victoria n'avait toujours pas trouvé les clés de la voiture. Elles n'étaient dans aucun des blousons, ni dans la commode de l'entrée. Elle inspira à fond. Pouvaient-elles être dans le jean de Malte, dans la chambre ? Il avait beau dormir profondément, elle n'avait pas trop envie de tenter le diable en fouillant si près de lui. Elle abaissa la poignée de la porte et plissa les yeux dans le noir. La puanteur chaude de bière et de sueur lui sauta à la figure. Elle ôta ses chaussures.

"C'est la dernière fois", articula-t-elle sans bruit en russe avant d'entrer le plus discrètement possible. Malte ronflait. Les yeux de Victoria s'habituèrent rapidement à l'obscurité : le jean pendait au dossier d'une chaise, près de la fenêtre. Elle passa doucement la main sur l'étoffe. Les clés tombèrent sur le sol avec un bruit sourd. Victoria sursauta, puis se figea, retenant son souffle. Elle regarda vers Malte qui avait cessé de ronfler. Il marmonna quelque chose. Dormait-il toujours, ou était-il réveillé ? L'air vicié, pauvre en oxygène, lui brûlait les poumons. Victoria ouvrit la bouche pour expirer le plus silencieusement possible. Inspira à nouveau et se pencha. De la main, elle inspecta à tâtons les lattes du plancher, toucha un objet métallique et referma les doigts sur les clés. Elle les serra fort pour les empêcher de tinter. Avec une grimace, elle se mit ensuite à plat ventre et rampa le long du lit vers la porte.

19

INGRID STEEN

Ingrid avait pendu son sac à main et son manteau à un crochet sous le bar et commandé un gin tonic. La Taverna Brillo était pleine de jeunes gens branchés en tenues hype. Dans le miroir, derrière le barman, elle avait une vue complète sur la salle, dans son dos. Julia Wallberg occupait une table ronde avec deux amies. Elle portait un chemisier blanc et une jupe bleu marine. De temps à autre, quelqu'un venait les voir, échangeait quelques mots et finissait en prenant un selfie avec Julia. Elle riait, avait l'air de s'amuser, était aimable avec ceux qui l'abordaient – même si Ingrid ne pouvait pas entendre ce qui se disait. Cachant d'une main l'écran de son téléphone, elle ouvrit un moteur de recherche et y inscrivit le nom de Julia. Elle pouvait toujours s'occuper en glanant quelques informations. Le problème était qu'elle n'avait pas la moindre idée de ce qu'elle ferait ensuite. Se confronter à Julia ? Lui demander comment elle avait eu le cœur de se laisser entraîner dans une liaison avec un homme marié ?

Julia Wallberg, lut-elle, avait grandi à Borås, mais avait déménagé à Stockholm pour entrer à l'université populaire de Kaggeholm. Parallèlement à ses études, elle avait animé une chaîne YouTube sur la politique, qui l'avait fait repérer par *Aftonpressen*. Elle vivait sur Bergsunds Strand, dans le quartier de Hornstull.

Les mains d'Ingrid tremblaient. Elle leva les yeux vers la jeune femme tout en buvant une gorgée de son cocktail. Savait-elle à quoi ressemblait Ingrid ? Il était temps d'en avoir le cœur net. Elle rectifia sa coiffure dans le miroir, prit son sac et son manteau et se leva. Elle passa devant la table de Julia en regardant droit devant elle.

Elle tenait son iPhone discrètement dirigé vers la tablée. Elle obliqua sur la gauche et alla s'enfermer aux toilettes. Inspira à fond. Le cœur battant, les jambes en coton. Les mains tremblantes, elle regarda le film. Elle sourit en voyant la réaction de Julia : la jeune journaliste écarquillait les yeux, donnait un coup de coude à son amie en faisant un signe de tête vers Ingrid. Ingrid s'assit sur la cuvette, fit quelques gouttes tout en réfléchissant au coup suivant. Elle était absente de la maison depuis deux heures, il était tout juste onze heures passées, elle aurait dû rentrer. Mais curieusement, elle voulait rester à proximité de Julia. Elle ressortit discrètement des toilettes, regagna le bar par un autre chemin – juste à temps pour voir Julia prendre congé de ses amies. Ingrid attendit trente secondes avant de la suivre dehors.

Il pleuvait à verse.

Ingrid courut vers sa voiture, garée près du parc Humlegården. Au moment où elle se jetait derrière le volant, son portable bipa. Elle mit le contact, s'engagea sur Birger Jarlsgatan tout en lisant le message de Tommy.

Tu es à la maison ?

Elle sourit. Julia avait appelé Tommy, lui avait raconté qu'elle avait vu sa femme au bar.

Tandis qu'elle empruntait Kungsgatan en direction de Centralbron, elle répondit :

Où veux-tu que je sois ?

Ingrid sourit, posa le téléphone sur le siège passager et se concentra sur la conduite. Les essuie-glaces battaient frénétiquement sous les trombes d'eau. Avec un peu de chance, elle arriverait chez Julia la première.

VICTORIA BRUNBERG

Victoria prit un tee-shirt et deux pantalons dans la corbeille à linge sale et les fourra dans un sac plastique. Les vêtements étaient froissés, sentaient le renfermé, mais ça lui ferait un change. Elle n'osait pas retourner dans la chambre pour fouiller dans le placard. Dans le garde-manger, elle prit deux boîtes de thon, jeta un ouvre-boîte dans le sac et remplit d'eau une bouteille en plastique. L'argent pris dans le coffre-fort était tout ce qu'elle avait, il faudrait qu'il dure le plus longtemps possible.

Elle regarda autour d'elle dans le noir. Avait-elle oublié quelque chose ? Ses chaussures à la main pour ne pas faire de bruit inutilement, elle se dirigea vers la porte intérieure qui donnait sur le garage. Elle l'ouvrit délicatement, mit ses chaussures et se baissa pour les lacer. Il faisait sombre, l'air était chargé de vapeurs d'essence et de relents d'huile.

Victoria avança à tâtons, introduisit la clé dans la serrure et ouvrit la portière. Elle jeta le sac à l'intérieur et s'installa au volant. Elle n'avait pas le permis, mais Youri lui avait appris à conduire. Une BMW, pas une vieille fourgonnette Renault, mais quand même. Elle y arriverait. Elle appuya sur la télécommande de la porte du garage. Une bande de lumière provenant des réverbères apparut, de plus en plus large, devant le capot.

Victoria allait mettre le contact quand elle perçut un mouvement derrière elle. La porte donnant sur la maison venait d'être ouverte. Malte. Ce devait être Malte.

"Putain de bordel !" hurla-t-il.

Elle tâtonna avec la clé, parvint à l'introduire dans le contact et la tourna.

Le moteur toussa. Au même moment, Malte ouvrit d'un coup la portière.

INGRID STEEN

Il pleuvait toujours à verse. Bergsunds Strand était à peu près désert. Ingrid s'était garée en double file à vingt-cinq mètres du porche de Julia Wallberg, mais la jeune journaliste ne s'était pas encore pointée.

S'était-elle trompée ? Julia ne comptait peut-être pas rentrer tout de suite. Ingrid se souvenait comment il lui était elle-même arrivé, autrefois, de se rendre directement à la rédaction en sortant de boîte.

Elle fut tirée de ses pensées par l'apparition d'un homme dans la rue. Il tenait un grand parapluie rouge qui lui cachait le visage. Un instant, Ingrid fut persuadée que c'était Tommy, mais l'homme dépassa le porche et sa voiture en continuant vers Långholmen.

Ingrid remit le moteur en route, éteignit les phares pour ne pas attirer l'attention et augmenta le chauffage dans l'habitacle. Elle souffla de l'air chaud sur ses mains gelées. Que ferait-elle à l'arrivée de Julia ? Et si elle n'était pas seule, si elle était avec Tommy ? Sortirait-elle pour se confronter à eux ? Crier, pleurer ? Maudire leur trahison, les mensonges de Tommy ?

Deux personnes approchaient, enlacées sous un grand parapluie. Tommy et Julia. Ingrid les regarda fixement. Elle crispa ses mains plus fort sur le volant. En hyperventilation, elle desserra le frein à main, passa la première et accéléra droit sur eux.

Les façades défilaient autour d'elle.

Tommy et Julia traversaient, ils n'avaient pas encore vu la voiture qui leur fonçait dessus tous feux éteints.

22

VICTORIA BRUNBERG

Malte jeta son corps informe sur elle en tentant d'atteindre la clé dans le contact. Victoria enfonça la pédale de l'accélérateur, mais la voiture ne bougea pas. Ils comprirent au même moment que le frein à main était toujours serré.

Malte fut le plus rapide. Il cria et frappa Victoria à la poitrine. Elle hurla, tenta de lui mordre le dos. Il finit par atteindre la clé, l'arracha, et le moteur se tut.

Il s'extirpa de l'habitacle. Les mains appuyées sur les genoux, il respirait bruyamment. Victoria appuya sa tête sur le volant. Elle était si près du but. Terriblement près. Au bout d'une minute, elle sentit sur elle son regard haineux.

"Et moi qui croyais que c'était un cambrioleur", dit-il, encore essoufflé. Victoria ne répondit rien. "Alors comme ça, tu voulais te barrer ?"

Victoria le dévisagea, furieuse.

"Je ne veux plus rester ici. Je veux divorcer. Mon pays me manque."

Pendant une seconde, Malte parut surpris, comme sur le point de lui prendre la main, de la tapoter en disant "Je comprends". Mais l'expression d'étonnement céda aussitôt la place à la colère.

Il se redressa, avança d'un pas et saisit le bras de Victoria pour la tirer hors de la voiture.

"Espèce de sale pute gâtée ! cria-t-il en la jetant contre la portière arrière. Tu voulais te barrer ? Me planter, après tout ce que j'ai fait pour toi ?"

Il la regarda fixement, puis s'avança et la plaqua contre la voiture, l'avant-bras appuyé sur son cou. Victoria n'arrivait plus à respirer.

"Lâche-moi, s'il te plaît, lâche-moi !" siffla-t-elle.

Tout se mit à tourner, des points rouges dansaient sur sa rétine.

Victoria comprit qu'elle allait mourir.

"J'ai été trop gentil avec toi", dit Malte en la regardant droit dans les yeux.

Victoria tenta de répondre, de demander pardon, mais seul un gargouillis s'échappa de sa bouche. L'instant suivant, elle perdit connaissance.

INGRID STEEN

Ils allaient être fauchés par la voiture et mourir. Et elle s'en irait, prendrait à droite le pont vers Liljeholm et disparaîtrait. Ça passerait pour un délit de fuite. Un chauffard ivre qui avait par hasard mis fin à la vie du rédacteur en chef et d'une présentatrice star en pleine ascension. Tandis qu'elle fonçait sur Tommy et Julia, Ingrid s'imagina à l'église, en noir, avec une voilette, recevant dignement les condoléances.

Le compteur indiquait soixante-treize kilomètres-heure, il restait une vingtaine de mètres.

Tommy leva les yeux, se figea. La bouche de Julia forma un cri.

Au même instant, Ingrid réalisa son erreur. Le GPS. Combien de podcast de polars n'avait-elle pas écouté où l'alibi du ou des meurtriers tombait à cause de la technologie ? Même si Ingrid affirmait à la police qu'elle était chez elle et nettoyait tout le sang sur la voiture, ils passeraient chaque détail au crible. Surtout quand il s'avérerait que Tommy était en compagnie de sa maîtresse. Elle irait en prison. Au dernier moment, elle dévia de quelques degrés vers la droite.

La voiture dérapa, frôla le corps de Tommy.

Ingrid redressa le véhicule, les roues agrippèrent l'asphalte glissant et elle accéléra. Dans le rétroviseur, elle vit Tommy et Julia la suivre des yeux.

Maintenant, il savait qu'elle savait.

Comment allait-il réagir ?

Le feu était rouge, mais aucune autre voiture n'était en vue. Ingrid tourna à droite vers le pont de Liljeholm. Elle se demandait s'il allait l'appeler, ou attendre qu'ils se voient. Resterait-il chez Julia pour se calmer, réfléchir à la suite ? Et elle, qu'allait-elle faire ?

Divorcer ? Chercher un emploi de journaliste ? Dans ce monde numérique, elle n'était plus particulièrement intéressante sur le marché du travail. Elle n'avait même pas de compte Twitter. Mais Ingrid devrait subvenir à ses propres besoins. Le contrat de mariage était absolument clair : elle n'aurait pas un centime de Tommy en cas de divorce. Allait-il l'abandonner, fonder une famille avec Julia ? Elle était jeune, voudrait sûrement des enfants. Elle doubla un poids lourd sans clignoter, se rabattit sur la file de droite. Non, le divorce n'était pas une option. Elle avait beau tourner et retourner le problème dans tous les sens, il fallait que Tommy meure. Pour payer ce qu'il lui avait fait, et pour que Lovisa et elle ne soient pas condamnées à s'étioler dans une location en banlieue.

24

BIRGITTA NILSSON

Il y avait au grenier une maison de poupée avec laquelle Birgitta avait joué enfant, et qu'elle prévoyait de donner à la fille qu'elle n'avait jamais eue. Quand les jumeaux étaient petits, elle l'avait malgré tout descendue pour qu'ils puissent s'amuser avec. Mais quand Jacob était rentré du travail, il avait été furieux.

"Tu ne veux quand même pas en faire des pédés ?" avait-il crié en renversant la maison de poupée. Birgitta avait dû la remonter en hâte au grenier, sans quoi il en aurait fait du petit bois. Pendant ce temps, il avait emmené les garçons dehors, munis de leurs crosses de hockey.

Birgitta passa le plat de la main sur le toit de la maison miniature. Quand il fut clair qu'elle n'aurait plus de fille, elle avait décidé de la léguer à ses petits-enfants, mais il était désormais peu probable qu'elle soit un jour grand-mère. C'était dommage. Elle était persuadée qu'elle aurait fait une bonne mamie, du moins meilleure que la mère qu'elle avait été.

Birgitta donna une dernière tape à la maison de poupée et redescendit précautionneusement. Mère, elle l'était toujours. Sa responsabilité vis-à-vis des enfants n'était pas encore terminée. Sans la contribution mensuelle de Jacob, ils ne s'en sortiraient pas. Mais en vérité il était de plus en plus difficile de les soutenir financiè-rement. Le cabinet d'expertise comptable de Jacob, en façade respecté et prospère, connaissait de grosses dif-ficultés. Birgitta savait que Jacob avait "emprunté" de l'argent à des clients pour l'investir dans divers projets. Les bénéfices attendus n'avaient pas été au rendez-vous. Certains investissements avaient même été à perte. Ce n'était qu'une question de temps avant que cela n'éclate au grand jour. Jacob aurait alors des ennuis, irait proba-blement en prison. Birgitta aurait pu supporter de quit-ter la maison, de vivre en appartement – de réduire ses dépenses pour pouvoir verser chaque mois quelques bil-lets de mille aux garçons. Mais maintenant ? Elle allait mourir, Jacob serait poursuivi. Pauvres garçons.

La solution aurait été de commencer à déclarer les biens immobiliers et les voitures au nom de Birgitta ou des enfants, mais Jacob avait refusé. Maintenant, c'était à Birgitta de trouver comment résoudre tout ça, et vite.

Elle prit le bus jusqu'à l'école, se rendit à la biblio-thèque et alluma un des ordinateurs. Ouvrit une ses-sion invité et se connecta à Google.

VICTORIA BRUNBERG

La pièce au sous-sol était plongée dans le noir.

Quand elle tentait de parler, il ne sortait qu'un râle, sa gorge se serrait douloureusement, un peu comme quand, petite fille, elle avait eu une angine. Même pleurer lui faisait mal. Le soir précédent, elle avait cru mourir, l'avant-bras de Malte sur son cou.

Avant de perdre connaissance, elle s'était demandé combien de femmes à travers l'Histoire avaient fini leur vie avec la même vision : l'homme qu'elles avaient épousé, penché sur elles, le visage déformé, en train de les étrangler.

Quand elle était revenue à elle sur les dalles froides du garage, elle avait profondément inspiré l'air chargé de vapeurs d'essence et était restée là deux heures encore, avant de rentrer en titubant dans la maison.

Elle s'était promis de ne pas être une de ces femmes. Malte n'aurait jamais l'occasion de mettre fin à sa vie. Ni lui, ni aucun autre. Mais elle avait besoin d'aide.

26

INGRID STEEN

Il fallut trois jours à Tommy pour se montrer à nouveau à la maison. Jusqu'à l'instant où il franchit la porte, Ingrid consacra tout son temps à peaufiner le projet qui s'était fait jour en elle.

Quand elle entendit la porte d'entrée s'ouvrir, elle resta calmement assise à la table de la cuisine. Tommy glissa la tête dans la pièce, la regarda et entra lentement. Reste calme, pensa Ingrid. Tout dépend de ton calme.

Tommy tira une chaise. Soigneusement, comme d'habitude, en la soulevant quelques centimètres au-dessus du sol pour que les pieds ne fassent pas de bruit. Il s'assit, cloua Ingrid du regard. Elle attendit quelques secondes. Elle avait promis de l'aimer pour le meilleur et pour le pire, jusqu'à ce que la mort les sépare – et elle avait l'intention de tenir cette promesse.

Tommy se racla la gorge.

"Depuis combien de temps tu le sais ? demanda-t-il.

— Quelques semaines, répondit tout bas Ingrid.

— Pourquoi… pourquoi n'as-tu rien dit ?

— Qu'est-ce que j'aurais dû dire, Tommy ?

— Quelque chose. N'importe quoi. Au lieu de quoi tu as essayé de… de me tuer, dit-il en secouant lentement la tête.

— Je n'avais pas l'intention de te tuer. Ou de la tuer. J'étais juste tellement triste, en colère.

— Et maintenant ?

— Surtout triste." Ingrid glissa l'ongle sur la table. "Tu vas me quitter ?"

Tommy avança sa main, la posa sur la sienne. Elle était grande et chaude. De petits îlots de poils poussaient en désordre sur ses phalanges. Autrefois, quand ils étaient plus jeunes, elle l'avait aidé à les épiler à la cire.

"Je ne vois pas comment nous pourrions surmonter ça."

Ingrid serra sa main.

"Lovisa a besoin de toi, *nous* avons besoin de toi, dit-elle en se blindant. Tu ne peux pas nous quitter maintenant. Reste avec elle, mais sois discret. Je suis consciente que je n'ai pas été facile à vivre."

Tommy cligna des yeux, incrédule.

"Tu veux dire que Ju… que c'est OK ?"

Ingrid hocha la tête.

"Pour le moment, si c'est ça que tu veux. Mais fais en sorte que personne n'en sache rien. Je peux vivre avec ça si ça signifie que tu restes là pour moi."

Tommy avait du mal à cacher son impression d'avoir tiré le gros lot.

Pauvre type, pensa Ingrid. Pauvre raclure pathétique.

DEUXIÈME PARTIE

Trois semaines plus tard.

27

INGRID STEEN

Ingrid se gara sur une place réservée aux livraisons devant le Garnisonen Konferens. Elle se retourna, Lovisa était absorbée par son iPad.

"Maman revient tout de suite", dit-elle.

Elle ouvrit la portière et vérifia qu'il n'y avait pas d'agent de police dans les parages. Une classe d'enfants munis de gilets jaune fluo passa. Ingrid poussa la porte du bureau de poste et laissa sortir une dame âgée tandis qu'elle examinait le plafond. Pas de caméras, à première vue. Au fond, cela n'avait pas d'importance. Elle venait juste chercher une enveloppe dans une boîte postale. Numéro 1905. Elle l'avait facilement mémorisé : l'année où la Norvège avait déclaré son indépendance de la Suède. Elle tourna vers la droite et s'arrêta devant la longue rangée de boîtes métalliques. Sur le point d'ôter ses gants en cuir, Ingrid se ravisa. Une fois la bonne boîte trouvée, elle sortit la clé de son sac et l'introduisit dans la serrure. Tourna. À l'intérieur, il y avait deux enveloppes. Elle les sortit, mais remit celle qui portait l'inscription *Trois*, d'une écriture tremblante. Ingrid était numéro deux, le mois dernier comme celui-ci.

Elle se demandait qui étaient les deux autres femmes. Mieux valait ne pas trop y réfléchir : comme elle, elles devaient sûrement avoir leurs raisons, se dit-elle.

Ces derniers temps, Tommy découchait deux ou trois soirs par semaine. Elle se demandait bien comment il avait expliqué la situation à Julia. Elle devait penser qu'Ingrid était désespérée pour permettre à son mari un tel arrangement. Peut-être riaient-ils d'elle ? Cela n'avait pas d'importance.

Elle mit l'enveloppe dans son sac, referma la boîte et sortit du petit bureau de poste. Lovisa leva à peine la tête quand Ingrid ouvrit la portière et s'installa au volant.

"On rentre à la maison, ma chérie.

— Papa est là, ce soir ?"

Ingrid secoua la tête.

"Non, pas ce soir. Mais demain, il a promis de rentrer du travail."

BIRGITTA NILSSON

Dans le coffre de la voiture de location, il y avait un câble de cinq mètres de long et une bombe de peinture de couleur noire. Elle avait en outre acheté une boîte à outils de base, avec tournevis et marteau. Pourtant, Birgitta avait l'impression de transporter des explosifs ou des kilos de drogue. Depuis Stockholm, elle avait roulé en respectant scrupuleusement les limitations de vitesse – ce qui ne l'empêchait pas de regarder toutes les trois secondes dans le rétroviseur, s'attendant à voir surgir à tout moment un gyrophare bleu.

La lettre, qu'elle avait brûlée après l'avoir relue plusieurs fois, était écrite dans un mauvais suédois. Comme les premiers appels à l'aide désespérés sur lesquels elle était tombée sur le forum internet *Vie de famille*.

Certes, elle allait tuer un homme, mais en même temps libérer une femme. La somme de ses actes serait positive. Et ensuite quelqu'un la délivrerait, elle. Elle jouissait de cette impression de liberté : quel plaisir de rouler sans personne pour commenter sa conduite. Jacob ne la laissait prendre le volant que quand il était fatigué. Au début, il était même opposé à ce qu'elle passe son permis.

Vingt minutes plus tard, elle s'arrêta à un croisement après une station-service, et aperçut un panneau indiquant Heby. Sur sa droite, un supermarché ICA.

"À droite après ICA", se répéta-t-elle en scrutant la nuit. Elle localisa la route et mit son clignotant. Elle quitta la petite agglomération et se retrouva au milieu d'une forêt sombre. La route était étroite. Quand arriva la première voiture en face, elle se demanda si la chaussée était assez large pour les deux véhicules. Ils se croisèrent en se frôlant d'affreusement près. Sept kilomètres et demi, puis l'autre panneau devait apparaître.

Elle espérait que la femme qu'elle devait sauver avait exécuté sa partie du plan. Sans quoi un innocent risquait d'être blessé. Birgitta ne savait pas ce qu'elle ferait si cela arrivait. Elle sentit ses mains devenir moites, et les essuya sur ses genoux. Il était 16 h 37. Elle accéléra autant qu'elle l'osait sur le revêtement glissant. Mieux valait être en avance qu'en retard. Elle espérait qu'il serait simple de trouver l'endroit et que les instructions de l'autre femme étaient précises.

VICTORIA BRUNBERG

Victoria allait et venait dans la cuisine. Elle aurait aimé une cigarette, mais elle les avait toutes fumées. Elle avait cent fois révisé le plan. Les choses pouvaient mal tourner, terriblement mal, mais il fallait qu'elle tente sa chance. Malte devait mourir et, si Victoria voulait éviter de passer ses prochaines années en prison, c'était le seul moyen.

Elle avait rempli sa partie du contrat, maintenant, cela dépendait de l'autre personne, qui devait déjà être arrivée dans les environs. Les arbres étaient discrètement marqués. La voiture était au garage, inutilisable et Malte allait d'un moment à l'autre enfiler son casque et enfourcher sa moto. Avec un peu de chance, il couperait par la forêt, comme c'était très souvent le cas quand il prenait sa bécane. Pourvu seulement qu'il ne se mette pas à pleuvoir. Elle avait entendu ses jurons au garage. Quand il était revenu en trombe dans la maison, Victoria avait trouvé qu'il la regardait d'un air soupçonneux. Elle se faisait des idées. Elle savait que Malte ne la pensait pas capable de saboter une voiture. Un peu de sucre dans le réservoir d'essence, et le tour était joué. Exactement comme sa mère le lui avait enseigné quand ce bon à rien d'Aleksandr, son camarade de classe, l'avait tripotée lors d'une boum, au début de son adolescence. La mobylette bleue dont il était si fier n'avait plus jamais démarré.

BIRGITTA NILSSON

Dans la forêt, on entendait les arbres craquer dans le vent. L'obscurité était compacte. À l'aide d'une lampe de poche, elle avait trouvé un foulard rouge attaché à un tronc. Birgitta regarda autour d'elle, sortit le sac du coffre et secoua la bombe de peinture. Elle allait appliquer la couleur sur le câble quand elle s'avisa qu'elle était trop près de la voiture. Pas de traces, songea-t-elle. Elle ferma alors la portière et s'éloigna un peu. Le travail avec la bombe fut rapide. Les vapeurs enivrantes de solvant la firent pouffer. Quand elle eut fini, elle éclaira le câble avec sa lampe, pour constater avec satisfaction qu'il n'y avait plus de reflets.

"Bien."

Elle consulta sa montre, plus que quelques minutes avant que l'homme arrive. Elle comptait attendre le dernier moment, pour éviter de blesser un innocent. D'un autre côté, il était hautement improbable que quiconque passe sur cette route. Aucune personne sensée ne prendrait volontairement sa moto par un temps pareil.

Elle tendit le câble, tira dessus pour l'éprouver et regagna sa voiture pour s'en aller.

Elle actionna la poignée de la portière. Fermée. Elle fouilla ses poches. Rien. Pas de clés.

"Non, pas maintenant. Tout, mais pas ça", haleta-t-elle.

VICTORIA BRUNBERG

Victoria Brunberg énuméra tous les points encore une fois. Constata à nouveau qu'elle n'avait rien oublié. Si sa sauveuse inconnue assurait sa partie et que Malte se comportait de façon aussi prévisible que d'habitude, elle n'aurait plus jamais à le supporter.

Elle sortit les ingrédients dont elle avait besoin pour préparer des boulettes de viande à la purée. En Russie, elle avait rêvé de devenir actrice, et avait intégré une troupe, qu'elle avait quittée avant de jouer la pièce inaugurale, quand elle avait compris que le premier rôle n'était pas pour elle.

À présent, d'ici quelques heures, ses talents d'actrice allaient sérieusement être mis à l'épreuve. Et ensuite, elle serait libre.

BIRGITTA NILSSON

Birgitta sentit la panique s'emparer d'elle. Où pouvait-elle avoir perdu les clés ? Elle fit demi-tour et revint sur ses pas à petites foulées tout en éclairant le sol avec sa lampe de poche.

"Oh non, oh non", chuchota-t-elle.

Pouvait-elle tout annuler ? Détacher le câble, rentrer chez elle et oublier tout ça ? Les autres femmes ne savaient pas qui elle était, elles ne pourraient jamais la retrouver. Mais dans ce cas, elle ne serait pas non plus débarrassée de Jacob. Qu'adviendrait-il des jumeaux quand elle pourrirait dans sa tombe ? Ils n'étaient pas assez forts, ils n'étaient pas préparés pour la vie.

Birgitta revint à la voiture, éclaira à travers la vitre. Les clés devaient être quelque part à l'intérieur. Elle dirigea sa lampe de poche vers le fossé qui longeait la route. Là. Elle ramassa une pierre, la soupesa, prit son élan, bras en arrière, et l'envoya de toutes ses forces contre la vitre côté passager.

Elle explosa dans une pluie d'éclats de verre.

Le trou était béant devant elle.

L'instant suivant, elle entendit le bruit d'un véhicule qui approchait.

Elle pivota. Sur la grand-route, un phare unique ralentit et tourna dans sa direction.

Elle jeta un dernier regard impuissant vers la voiture de location avant d'enjamber le fossé et de pénétrer dans la forêt. Le bruit de moteur augmentait. Elle se coucha derrière un rocher, le souffle court, vit la route s'éclairer devant elle. Elle ne voyait pas le câble, mais le véhicule approchait des deux arbres.

Plus que quelques mètres. Birgitta ferma les yeux. Quand elle les rouvrit, elle vit la moto s'engouffrer dans la forêt et s'écraser contre un arbre. Elle tendit le cou pour essayer de comprendre ce qui était arrivé au conducteur. Était-il encore en vie ? La forêt était silencieuse. Le bruit de ses pas retentissait tandis qu'elle s'approchait.

Le câble avait cédé.

Elle suivit les traces de roues sur la route puis vers la forêt.

Il était étendu devant un arbre. Son corps était tordu, ses jambes et ses bras pliés selon des angles bizarres, comme un bonhomme griffonné par un petit enfant.

"Mon Dieu ! murmura Birgitta. Mon Dieu !"

Elle s'approcha lentement de lui, tâtonna d'une main tremblante à la recherche de son téléphone. Le trouva, farfouilla un moment pour en allumer la lampe, mais abandonna. Elle éclaira le motard à la lumière blême de l'écran.

Un petit spasme du bras lui fit comprendre qu'il était toujours en vie. Du sang coulait de sous le casque, sur son pull. Elle éclaira plus bas. Une grosse branche lui sortait de la poitrine. Birgitta porta la main à sa bouche pour ne pas crier. Il fallait absolument qu'elle parte de là. Vite.

Vingt minutes plus tard, Birgitta paniquait. Elle avait réussi à rallumer la lampe de son téléphone, et avait cherché les clés partout dans la voiture. Force était de constater qu'elles n'y étaient pas. Elle se coucha sur le ventre, regarda sous la voiture. Partir à pied ? Impossible. L'agence de location avait son nom, la police se demanderait pourquoi elle avait quitté le lieu de l'accident. Elle pouvait toujours dire qu'elle avait perdu son portable et était partie chercher de l'aide. Non, trop tiré par les cheveux. Beaucoup trop. Et ils pourraient vérifier que le téléphone était bien sur les lieux, allumé. Mais elle ne pouvait pas attendre sans rien faire l'arrivée de la police. Ou alors si, justement ? Regardant la voiture du coin de l'œil, elle essaya de mettre de l'ordre dans ses idées. Si on la trouvait sur les lieux de l'accident sans qu'elle ait contacté la police, ce serait louche. Elle réfléchit un moment avant de composer le 112. Elle se plaça aux pieds du cadavre, accroupie, tendit le bras pour remonter la visière. Des yeux morts fixaient le vide. Son téléphone grésilla.

"Au secours, gémit-elle. Aidez-moi, il est mort !"

Une voix de femme à l'autre bout du fil : calme, posée.

"Que s'est-il passé ?

— Un accident, un terrible accident."

33

VICTORIA BRUNBERG

Elle gagna la fenêtre ouverte et se réjouit. Silence. Elle apercevait la silhouette de la forêt par-delà les champs, mais rien n'y bougeait. Elle regarda l'heure. Malte était mort. Il devait être mort. Une seconde, la panique s'empara d'elle. Mais elle se força à se ressaisir. Les boulettes grésillaient. L'odeur de graillon lui piqua le nez et la tira de ses pensées. Tout devait sembler normal. Elle laissa la fenêtre ouverte et gagna la cuisinière. Saisit la poignée de la poêle et la secoua plusieurs fois. La police allait arriver, tôt ou tard. Alors, il faudrait jouer l'épouse aimante et attentionnée. Comment réagir quand on vous annonçait la mort d'un être aimé ? Plus que quiconque, elle aurait dû le savoir. Mais elle n'en avait pas la moindre idée, elle n'avait aucun souvenir des heures qui avaient suivi l'exécution de Youri.

Avait-elle parlé à quelqu'un ? Pleuré ? Crié ? Il ne lui restait que quelques images floues d'elle se jetant sur son corps. Le sang giclait des trous dans sa poitrine, elle lui avait tenu la tête tandis que sa vie s'échappait. Tout autour d'elle les gens paniqués hurlaient, se bousculaient, se piétinaient pour sortir. Il regardait fixement le plafond. Mais elle ? Victoria ne savait pas. Elle souleva le couvercle de la casserole, la vapeur lui brûla le poignet. Les pommes de terre de Malte étaient prêtes, mais il ne les mangerait jamais. Elle n'avait fait aucune erreur, elle était une bonne épouse, qui attendait son mari à la maison avec son plat préféré. L'instant suivant, elle entendit des sirènes, se précipita à la fenêtre. Des lueurs bleues dans la forêt.

34

BIRGITTA NILSSON

Elle alla se poster au bord de la grand-route. Quand la voiture de police arriva, exactement treize minutes après son appel au 112, elle agita frénétiquement les bras. La sirène cessa. Deux policiers, un homme et une femme, la regardèrent gravement. L'homme avait les mains sur le volant. La vitre descendit. Birgitta indiqua la forêt.

"Là-bas. Il est là-bas. Oh, c'est tellement affreux !

— Venez avec nous pour nous montrer", dit le policier d'une voix posée.

Birgitta hocha la tête. Son cœur se mit à battre à tout rompre, sonnant l'alarme dans sa poitrine. Elle ouvrit la portière arrière et monta à bord. Ils s'engagèrent sur la petite route forestière.

"Oh, Dieu merci, vous êtes arrivés. Je ne savais pas quoi faire, je crois qu'il est mort. C'est tellement horrible. Le pauvre homme, le pauvre."

Les policiers étaient graves, silencieux. La femme se retourna et dévisagea Birgitta. Son expression était ambiguë. La soupçonnaient-ils ? Elle leur demanda de s'arrêter quelques mètres avant le câble, et ils descendirent. Le moteur de la voiture de police tournait toujours, ses phares illuminaient la forêt. Le regard de la policière s'arrêta sur la voiture de location.

"C'est votre voiture ?

— Oui. C'est ma voiture. Je…

— C'est bon, montrez-nous l'endroit."

Birgitta les précéda dans la forêt.

"Le voilà, le pauvre. Je ne comprends pas ce qui a pu se passer."

Les policiers s'approchèrent de l'homme en chuchotant entre eux. La femme posa sa main sur son épaule et dit quelque chose dans sa radio. Birgitta regardait nerveusement autour d'elle dans le noir. C'était menaçant. Elle était coupable d'un meurtre, et voilà qu'elle mentait à deux policiers. Mais à leurs yeux, elle n'était qu'une institutrice déboussolée. Un témoin qui avait accompli son devoir civique en appelant la police.

"Vous pouvez retourner à la voiture."

C'était à nouveau la policière.

"Je peux m'en aller ?

— Non, nous voulons vous parler. Je vous rejoins tout de suite."

En attendant, Birgitta essaya encore de retrouver les clés de la voiture. Mais en vain. Le voyant de la batterie de son téléphone était rouge. Il ne restait plus grand-chose. Elle ouvrit la portière arrière, s'assit sans la refermer. Ses pieds restaient posés sur le gravier.

La policière arriva, suivie du policier. Birgitta se prit le visage entre les mains et se pencha en avant. Ils s'arrêtèrent devant elle.

"Ça va ?" demanda l'homme.

Elle le préférait, il avait l'air plus doux, moins sur ses gardes que sa collègue.

Elle hocha la tête et déglutit théâtralement plusieurs fois.

"Comment vous appelez-vous ? demanda-t-il en s'accroupissant devant elle.

— Birgitta. Birgitta Nilsson.

— Votre voiture… les plaques ont disparu et la vitre est cassée.

— Je sais, murmura Birgitta.

— Que s'est-il passé ?

— Je l'ai retrouvée comme ça plus tôt aujourd'hui, à Sala."

Elle leva les yeux. Avec sa lampe de poche, la policière éclairait l'arbre où Birgitta avait attaché le câble.

"Thomas, regarde ça, dit-elle en s'approchant de l'arbre. Un câble. Un putain de câble."

Le policier se releva, sortit ses gants et les enfila. Ils se penchèrent pour examiner le câble avant de revenir vers Birgitta. Elle s'efforça de paraître interloquée.

"Alors ce n'était pas un accident ? murmura-t-elle. C'est ce que vous dites ?"

Les policiers échangèrent un regard, avant que la policière ne prenne la parole.

"Nous ne savons pas. Qu'ont-ils pris ?

— Qui ?

— Eh bien, ceux qui ont forcé votre voiture ?

— Mon sac à main et les plaques d'immatriculation."

Le policier alla inspecter le véhicule de location en éclairant à travers la vitre. La lumière dansa un moment sur la voiture avant qu'il revienne. Birgitta essayait de déchiffrer l'expression de son visage. Est-ce que quelque chose ne collait pas ? La soupçonnaient-ils ?

Il se racla la gorge.

"Avez-vous porté plainte ?"

Birgitta secoua la tête en s'efforçant de paraître accablée.

"Non, pas encore. Je comptais le faire ce soir, une fois rentrée.

— Vous habitez les environs ?

— Non, à Stockholm. J'étais à Sala pour rendre visite à ma sœur Gunilla. Elle est malade, hospitalisée. Et c'est là, à l'hôpital, je veux dire, qu'ils ont forcé la voiture. Je voudrais juste rentrer chez moi."

Le regard du policier s'adoucit un peu, il lui posa la main sur l'épaule. Elle leva les yeux et lui sourit.

"Que faites-vous ici, si vous rentriez à Stockholm ?

— Je me suis trompée de route.

— Sur vingt kilomètres ?

— Je n'ai jamais eu beaucoup le sens de l'orientation, je suis assez tête en l'air. Je voulais m'arrêter à Heby pour manger un morceau, mais je suis allée trop loin, puis je n'ai pas osé faire demi-tour sur cette route étroite. J'ai roulé jusqu'ici, en forêt, pour trouver où faire demi-tour. Et là, c'est arrivé."

Leurs radios se mirent à grésiller, ils levèrent tous les deux la main d'un geste synchronisé. Écoutèrent. Birgitta essuya ses mains moites sur son pantalon.

"Vous avez donc vu l'accident ?

— Non, mais j'ai entendu un bruit terrible. J'avais très peur, vous savez, mais je me suis dit qu'il était peut-être arrivé quelque chose à quelqu'un, alors je suis descendue de voiture et c'est comme ça que je l'ai trouvé.

— Avez-vous votre carte d'identité ?" demanda la policière.

Devinait-elle une pointe de méfiance sur son visage ? Birgitta secoua la tête – allait-elle essayer de verser quelques larmes ?

"Elle était dans mon sac à main, qu'ils ont volé, dit-elle d'une voix pitoyable. Je voudrais juste rentrer chez moi, retrouver mon mari. Quelle journée, quelle affreuse journée. Je ne sais pas comment je vais arriver à faire classe à mes pauvres enfants demain matin, je vais peut-être devoir me mettre en congé maladie. Je suis institutrice, vous comprenez…

— Mais avez-vous…"

Le policier posa une main sur le bras de sa collègue.

"Excusez-nous un instant."

Ils s'éloignèrent. Birgitta n'entendait pas ce qu'ils disaient, mais ils semblaient en désaccord. Elle jeta un coup d'œil à la voiture de location. Les plaques d'immatriculation étaient coincées sous le châssis. Elle n'avait pas voulu prendre le risque de les jeter dans la forêt, de peur qu'ils les retrouvent au lever du jour. Son sac à main et la bombe de peinture étaient sous le siège avant. S'ils fouillaient sa voiture, ils comprendraient que c'était elle qui avait tendu le câble. Les policiers revinrent. L'homme heurta quelque chose du pied. Il se pencha et le ramassa.

Ils étaient trop loin pour qu'elle voie ce que c'était.

"Ça doit être à vous", dit-il en s'approchant.

Birgitta aurait voulu vomir. Qu'avaient-ils trouvé ? Elle regarda en plissant les yeux. Ça luisait dans sa main. Ses clés de voiture.

"Je dois… ah, mon Dieu. Merci monsieur l'agent, j'ai dû les perdre en allant à votre rencontre."

Il les lui tendit.

"Laissez-nous juste vos nom, numéros de sécurité sociale et de téléphone, et vous pourrez repartir", dit-il avec un sourire. La policière était restée en retrait, l'air contrariée, les bras croisés.

Birgitta s'exécuta. Prit congé. Le policier la raccompagna à sa voiture.

"Ça va aller, pour rentrer ? demanda-t-il.

— Eh bien, je vais essayer. Je vais rouler doucement. Merci monsieur l'agent."

Elle claqua la portière, introduisit la clé et mit le contact. La voiture démarra, et Birgitta s'apprêta à partir. Mais à cet instant, on frappa à la vitre. Elle sursauta, chercha à tâtons le bouton pour l'abaisser.

"N'oubliez pas de porter plainte pour vol", dit le policier.

35

VICTORIA BRUNBERG

Quand on sonna à la porte, Victoria vérifia une dernière fois ses préparatifs pour le dîner et s'essuya les mains sur le tablier que, pour l'occasion, elle s'était noué autour de la taille.

Elle ouvrit et s'efforça de paraître surprise. Les deux policiers la regardèrent, l'air grave.

"Bonjour ? fit-elle, dans l'expectative.

— Pouvons-nous entrer ?"

Victoria hocha la tête et leur céda le passage. Le policier referma la porte derrière lui et se présenta : Olof Lönn. Il désigna sa collègue :

"Et voici Lisa Svensson."

Victoria remarqua qu'ils regardaient par-dessus son épaule vers la cuisine, où le dîner était servi. Olof Lönn ôta ses gants et les lissa entre ses doigts. Il hésita un moment. Victoria eut pitié de lui.

"Un accident s'est produit près d'ici. La victime est votre mari, Malte Brunberg."

Victoria sursauta. Dévisagea le policier. Olof Lönn déglutit en secouant la tête.

"Est-ce qu'il va s'en sortir ? Est-ce que Malte va s'en sortir ?

— Désolé. Il est mort.

— Vous êtes certains que c'est Malte ?

— Malheureusement, oui, nous avons trouvé son permis de conduire. Et la moto est à lui.

— Est-ce que je peux… Je veux dire… Je peux m'asseoir ?" demanda Victoria en désignant la table de la cuisine.

Tandis qu'Olof Lönn la prenait par le bras et l'installait précautionneusement sur une chaise, sa collègue remplit un verre d'eau qu'elle plaça devant Victoria. Elle but quelques gorgées hésitantes.

"Que s'est-il passé ?"

Les policiers échangèrent un regard avant qu'Olof Lönn ne reprenne la parole :

"C'est ce que nous ne savons pas exactement. Savez-vous s'il y a quelqu'un, un voisin peut-être, qui a l'habitude de tendre des câbles ?

— Des câbles ?

— Oui, des filins. Entre les arbres."

Victoria plaça les mains devant sa bouche.

Puis elle leur expliqua : une semaine auparavant, Malte avait acheté un câble dans un magasin de bricolage. Il s'était énervé contre les jeunes qui roulent parfois à vive allure sur cette petite route forestière. Elle avait tenté de l'en dissuader, lui avait dit qu'ils pouvaient se blesser, que c'était sans doute illégal, mais Malte avait refusé de l'écouter.

"Pourquoi a-t-il pris sa moto, aujourd'hui ? Le temps n'est pas vraiment idéal."

Victoria leva les yeux, c'était la première fois que Lisa Svensson ouvrait la bouche.

"Je ne sais pas. Il adorait cette moto. Je lui disais souvent de rouler prudemment, surtout maintenant, avec ce froid, mais Malte ne m'écoutait pas."

Une larme pointa au coin de l'œil de Victoria.

"Mais s'il a tendu ce câble plus tôt dans la semaine, ou hier, il aurait dû être obligé de le décrocher en passant par là ce matin pour aller travailler ?"

Victoria fit semblant de réfléchir un instant.

"La boîte aux lettres. Elle est sur la grand-route, Malte avait l'habitude de prendre le courrier le matin, en partant travailler."

Elle tendit la main pour prendre une serviette en papier.

36

INGRID STEEN

Ingrid Steen regarda alentour, introduisit la clé dans la serrure et souffla de soulagement en constatant qu'elle ouvrait. Elle entra sous le porche et étudia le tableau des noms : Julia Wallberg habitait tout en haut, au cinquième étage. Ingrid soupira. Elle n'aimait pas les ascenseurs. Mais elle n'avait pas le choix : il fallait agir vite. Ces derniers temps, elle avait été forcée de faire des choses qu'elle n'appréciait pas du tout.

Elle entra dans l'ascenseur et appuya sur le bouton. Les gants de Tommy étaient bien trop grands, mais elle savait qu'elle devait les garder. Qu'on trouve des fibres textiles, peut-être quelques cheveux dans l'appartement de Julia pourrait s'expliquer par l'adultère. Une empreinte digitale, en revanche, non.

Ce qu'elle s'apprêtait à faire dépassait tout ce qu'elle avait pu imaginer. Au début, ses représailles étaient uniquement dirigées contre Tommy. C'était comme si sa colère grandissait chaque jour. Et à mesure qu'elle enflait, sa propre imagination s'était décuplée.

Elle s'avança sur le palier et constata que tout était silencieux. Cinq minutes. Pas plus. Ingrid ouvrit doucement la fente de la boîte aux lettres et jeta un œil dans l'appartement. Plongé dans l'obscurité. Elle se redressa, ouvrit et entra. Les odeurs inconnues lui montèrent au nez. Une seconde, elle hésita. Peut-être aurait-elle dû faire demi-tour, se contenter de ce qui attendait Tommy ?

Ingrid tourna les talons pour quitter l'appartement mais son regard s'arrêta sur le portemanteau. Un des blousons de Tommy y était suspendu.

"Espèce de salaud", murmura-t-elle.

Elle s'avança dans l'appartement. Le parquet craquait. Le séjour donnait sur l'eau, avec Liljeholm de l'autre côté du chenal. Les murs étaient décorés de photos en noir et blanc. Marilyn Monroe semblait être le sujet favori de Julia. La blonde souriait. La blonde fumait. La blonde avait l'air excitée.

"Comme c'est prévisible, marmonna Ingrid. Tu me déçois, Julia. Je te croyais plus intéressante que ça."

Elle ouvrit la porte de la chambre. Un grand lit avec une tête imposante. Aussitôt, des images de ce que Tommy et Julia y faisaient la submergèrent. Ingrid se dépêcha de refermer et regagna le séjour. Il fallait trouver un endroit que Julia ne vérifiait pas régulièrement. Ingrid alla ouvrir le meuble télé. Quelques vieux journaux, une box. Deux albums photos. Elle résista à la tentation de les feuilleter, se rappela ce qu'elle était venue faire. Le meuble télé ferait l'affaire. Ingrid plongea la main dans son sac et y pêcha le petit sachet. Cinq grammes de cocaïne.

Elle le plaça au fond du meuble, sous les journaux, avant de se raviser. Elle fit demi-tour, chercha la salle de bains et y entra. Dans un verre au bord du lavabo, elle trouva deux brosses à dents. Elle les prit et les frotta directement sur le sachet. À défaut d'empreintes digitales, une bonne dose d'ADN suffirait peut-être.

De toute façon, la chute de Julia n'était qu'un bonus. Elle pourrait s'en occuper plus tard, quand Tommy serait mort. Elle laissa le sachet sur le bord du lavabo, fit demi-tour et attrapa la brosse des WC. Ingrid y frotta soigneusement les deux brosses à dents. "Fini les baisers pour un petit moment, mon petit Tommy", dit-elle en remettant les brosses à dents à leur place, avant de regagner le séjour.

En montant dans le métro à Hornstull, elle envoya un message à Tommy :

Tu as perdu tes clés dans l'allée du garage.

37

VICTORIA BRUNBERG

Le train entra dans la gare centrale. Victoria Brunberg n'était venue qu'une seule fois à Stockholm, en compagnie de Malte, au tout début.

En descendant sur le quai, elle se laissa voluptueusement aspirer dans l'anonymat de la foule. Ici, elle n'était pas une femme commandée par correspondance, ici, elle n'était personne. Juste un individu parmi des milliers d'autres.

Elle avait deux jours. Elle allait d'abord s'acheter une robe adaptée : d'après les instructions contenues dans la lettre, elle devait se rendre à un cocktail à bord d'un bateau. Sa commanditaire lui avait versé trois mille couronnes à cette fin. Ce n'était pas du même niveau que les vêtements avec lesquels Youri avait l'habitude de la gâter, mais Victoria avait hâte de s'habiller et de se faire belle, après ces années passées auprès de Malte.

Atteignant une station de taxis, elle remonta la file des voitures qui attendaient.

Le ciel était bleu clair, un soleil chiche éclairait sans chaleur.

Un chauffeur lui fit signe aussitôt, chargea sa valise dans le coffre et lui tint la portière. Victoria s'installa à bord.

"Au Grand Hôtel, s'il vous plaît", dit-elle.

Il hocha la tête et déboîta.

De l'homme qu'elle devait tuer, Victoria ne savait pas grand-chose, mais la femme qui avait signé son arrêt de mort avait sûrement ses raisons – comme elle avec Malte. Victoria était sur la liste des invités du cocktail. Pas sous son vrai nom, mais sous celui de Natacha Svanberg. Sur la façon dont elle devait ensuite procéder, les instructions étaient précises.

Victoria sortit la petite photo d'identité de l'homme. Il souriait vaguement. Il avait des yeux clairs, gentils, et une mâchoire carrée. À première vue, il ne semblait ni cruel, ni méchant, mais elle était mieux placée que quiconque pour savoir à quel point une photo pouvait dissimuler la vraie nature de quelqu'un.

Si Victoria avait la possibilité d'offrir à une femme le sentiment de liberté qu'elle éprouvait elle-même depuis la mort de Malte, elle serait heureuse de suivre à la lettre les instructions qu'elle avait reçues.

Le taxi s'arrêta devant un beau bâtiment au bord de l'eau. De l'autre côté de la baie, Victoria reconnut le château royal. Elle paya, le chauffeur ouvrit le coffre. Avant que la valise ait touché le sol, un homme en uniforme s'empressa de lui proposer de la porter.

"Merci, sourit Victoria.

— Après vous", dit l'homme, très strict.

38

INGRID STEEN

Tommy ronflait près d'elle. Ingrid se dit que c'était leur dernière nuit ensemble. De façon assez surprenante, ça ne lui faisait rien. Pas de remords, pas de cas de conscience. Elle n'éprouvait qu'indifférence. Il y avait peut-être là une explication biologique : l'homme avec qui elle avait choisi de se reproduire, parce qu'il allait la protéger, elle et leur progéniture, l'avait trahie. Les avait laissées sans défense.

Demain, il allait mourir de la main d'une inconnue. Mais cela ne suffisait pas. Sa réputation de journaliste honnête et travailleur serait pulvérisée. La Suède entière saurait bientôt quelle infâme ordure dirigeait le plus grand tabloïd du pays. Les reporters Ola Pettersson et Kristian Lövander, qu'il avait refusé de sanctionner, feraient figure d'enfants de chœur en comparaison. Il apparaîtrait clairement à tout un chacun pourquoi il les avait protégés.

Ingrid soupira en tournant le dos à Tommy

Elle avait besoin de dormir. La journée du lendemain serait loin d'être de tout repos. Il fallait qu'elle se lève avant Tommy pour préparer son petit-déjeuner. Le soir, elle s'était organisée pour que sa mère garde Lovisa. Dès qu'elle aurait quitté sa fille, elle se rendrait dans un restaurant où elle était sûre qu'on la remarquerait.

Elle ne serait inquiétée ni pour le meurtre, ni pour la destruction de la réputation du rédacteur en chef le plus connu de Suède.

39

VICTORIA BRUNBERG

Après être brièvement montée dans sa chambre poser les sacs de shopping contenant la robe noire et la courte veste de fourrure blanche qu'elle avait achetées, Victoria reprit l'ascenseur pour descendre au bar.

Elle remarqua les regards flatteurs que lui accordaient les clients. Victoria s'installa dans un fauteuil en cuir et un serveur en chemise blanche se présenta aussitôt.

"Vodka, s'il vous plaît, dit-elle sans regarder ni lui ni le menu.

— De la glace ?"

Elle secoua la tête. En attendant, Victoria ouvrit le journal posé devant elle sur la table. L'éditorial parlait du mouvement #MeToo.

Victoria, qui n'avait pas lu un journal suédois depuis l'été précédent, fut comme fascinée. Elle ne remarqua pas qu'on l'avait servie qu'après être arrivée au bout du texte. Le long article suivant, dans les pages culture, parlait également de la façon dont les hommes en position de pouvoir abusaient de jeunes femmes.

Après avoir lu l'introduction, elle chercha le serveur des yeux, découvrit que sa vodka était déjà posée devant elle sur une serviette, et en but une grande gorgée.

L'instant d'après, elle faillit s'étrangler. Elle toussa. Au milieu de l'article, elle vit une photo de l'homme qu'elle devait tuer.

Elle cligna des yeux et le regarda fixement.

Aucun doute, c'était la même personne.

*Le rédacteur en chef d'*Aftonpressen *Tommy Steen assure que son journal prend au sérieux les accusations de harcèlement sexuel portées contre deux de ses collaborateurs,* indiquait la légende de la photo.

Plus loin dans le texte, il précisait son raisonnement en expliquant qu'il ne pouvait agir avant qu'une condamnation ait été prononcée contre ces hommes. Il répondait également aux critiques qui lui avaient été faites de ne pas divulguer les noms de ces collaborateurs, alors qu'il l'avait fait pour des hommes d'autres corporations.

Les mains de Victoria étaient moites. Elle but une grande gorgée de vodka et reposa le journal. Tommy Steen, c'était donc son nom, et il était le rédacteur en chef du journal qu'elle avait sous les yeux. Elle oscillait entre appréhension et excitation.

Le serveur s'arrêta à côté d'elle et se racla discrètement la gorge.

"De la part du monsieur, là-bas", dit-il en désignant de la tête, au bar, un homme en costume sombre.

Dans le seau à glace qu'il posa sur sa table, une bouteille de champagne Moët & Chandon. Elle adressa à l'homme un sourire éclatant, et le serveur entreprit d'une main assurée d'ouvrir la bouteille.

40

INGRID STEEN

Ingrid tendit machinalement la main pour éteindre l'alarme de son mobile, ne la laissant pas sonner plus de deux secondes. Elle se sentait bien réveillée, reposée. Tommy grogna, tandis qu'elle enfilait sa robe de chambre et sortait sur la pointe des pieds. Sur le portant de l'entrée était pendue la tenue que Tommy devait porter le soir. Sous le mouchoir, dans la poche de poitrine de la veste, était caché un petit sachet de deux grammes de cocaïne.

À la cuisine, elle lança la cafetière qu'elle avait préparée la veille. Elle jeta un coup d'œil à l'ordinateur :

20:00 MS Scandinavia

Le grand groupe de presse international qui, outre *Aftonpressen*, possédait aussi deux chaînes télé et une douzaine d'autres publications en Suède, avait affrété l'imposant ferry pour sa fête annuelle. Comme il faisait doux, les eaux autour de Stockholm étaient libres de glace et, d'après ce qu'Ingrid avait compris, ils allaient faire un tour dans l'archipel. Quant à elle, quand Tommy, par devoir, lui avait proposé de l'accompagner, elle avait décliné, à leur soulagement mutuel. Mais cela ne l'avait pas empêchée d'inscrire au nom de Tommy une certaine Natacha Svanberg sur la liste des invités.

Les tuyaux se mirent à gargouiller, Tommy se douchait toujours en vitesse.

Elle sortit une tasse, y versa du café, ajouta un peu de la cocaïne qui lui restait, et mélangea avec une cuillère.

Puis elle se servit elle-même une tasse de café et sortit son iPad.

41

VICTORIA BRUNBERG

Les épais rideaux empêchaient toute lumière d'entrer. La suite était plongée dans l'obscurité, les meubles étaient des ombres noires. À côté d'elle était couché Al, ainsi se nommait le grand Américain. Il respirait bruyamment, mais sans ronfler. Ses cheveux, la veille si bien plaqués en arrière, étaient à présent ébouriffés.

Victoria vérifia sur son portable : neuf heures moins le quart. Ils ne devaient pas avoir dormi plus de trois ou quatre heures.

Alan DePietro était un homme d'affaires américain dans le secteur pétrolier, mais il avait vécu plusieurs années en Russie.

Aussi, quand il était venu demander la permission de s'asseoir en sa compagnie, ils étaient rapidement passés au russe. Poli, charmant et prévenant, Al l'avait traitée avec tact et respect. Ils étaient restés au bar jusqu'à la fermeture, puis il lui avait proposé de monter dans sa suite. Elle avait d'abord refusé. Mais en voyant Al payer l'addition sans insister davantage, et lui souhaiter bonne nuit, elle avait changé d'avis.

"Il y a de la vodka ?" avait-elle demandé en pouffant.

La suite, située presque au sommet du bâtiment, comportait trois pièces en enfilade. Une généreuse terrasse avec vue sur le château courait sur toute la longueur.

C'était la plus fantastique chambre d'hôtel qu'elle ait jamais vue. Elle se sentait comme Julia Roberts dans *Pretty Woman*. Al l'avait d'abord laissée commander ce qu'elle voulait au room service. Un dîner complet leur avait été servi sur la terrasse dans des plats en argent. Stockholm dormait tandis qu'ils mangeaient et buvaient, blottis sous des couvertures. Al avait presque deux fois son âge, approchant la cinquantaine. Il lui avait raconté des histoires de magnats du pétrole du Texas et d'oligarques russes que Victoria n'avait jamais vus qu'à la télévision. À sa demande expresse, il lui avait décrit le luxe sans pareil de leurs maisons et de leurs avions privés.

Mais il ne s'était pas contenté de la distraire avec les anecdotes tirées d'une longue et passionnante vie, il l'avait aussi écoutée, avait apprécié ses opinions et trouvé ses idées "intéressantes".

Après, comme ils étaient gelés, Al avait allumé le sauna. Ils avaient emporté le champagne dans la salle de bains mais n'étaient pas arrivés jusqu'au sauna. Ils avaient fait l'amour sous la douche, s'étaient rapidement séchés avant de continuer leurs ébats dans le grand lit.

Victoria se dégagea de sous la couette, gagna la fenêtre et écarta un peu les rideaux. Un faible rai de lumière divisa la chambre en deux. Sur la table de nuit se serraient bouteilles vides et flûtes à champagne.

Elle rassembla ses affaires et, sur la pointe des pieds, se dirigea avec vers la porte. Dommage qu'ils doivent ne jamais se revoir.

"Natacha ?"

Elle s'immobilisa en plein mouvement. Elle n'avait pas donné son vrai nom, et inventé une histoire selon laquelle elle travaillait dans une boutique de vêtements. Maintenant, elle le regrettait. En tout cas pour le prénom.

"Je pensais te laisser dormir", dit-elle.

Il lui fit signe d'approcher, et Victoria s'assit au bord du lit.

"Pendant que tu ronflais, cette nuit, j'ai réfléchi, dit Al en souriant. Comme je te l'ai raconté, je n'ai jamais eu de famille, et je fête chaque Noël en me saoulant à mort dans un hôtel dont le personnel reçoit des sommes indécentes pour tenir compagnie aux malheureux comme moi. Cette année, j'ai réservé un truc tout compris à la Barbade."

Victoria attendit patiemment la suite, mais dut se faire violence pour ne pas trahir le fond de sa pensée en se fendant d'un large sourire.

"Ma proposition est la suivante : viens avec moi à Genève aujourd'hui, ou plus tard dans la semaine, puis allons fêter Noël ensemble. Je n'ai rien contre Stockholm, mais le climat n'est pas idéal, dit Al avec un geste vers la fenêtre.

— Je ne sais pas. J'avais pensé rentrer en Russie. Voir ma mère."

Al sourit, mais Victoria vit qu'il était déçu.

"Je comprends, dit-il en lui tapotant la main. Dommage."

42

BIRGITTA NILSSON

Les premiers jours, Birgitta Nilsson s'attendait à chaque instant à entendre frapper à la porte et à trouver sur le palier des policiers qui la menotteraient et l'emmèneraient. Mais il n'y eut ni policiers, ni interrogatoires, ni condamnation. Avant de rendre la voiture de location, elle était passée dans un garage et avait payé au noir le remplacement de la vitre cassée.

Mais le mal empirait en elle, la fatigue était devenue un état normal. Pourtant, elle ignorait les convocations aux traitements. Birgitta en avait fini avec l'existence. Savoir que Jacob allait mourir la maintenait en vie, elle voulait être là pour les jumeaux. Mais elle ne voulait pas les gêner, ne voulait pas que soit révélé au grand jour que leur père battait sa femme. Dès qu'il aurait disparu et que ses bleus se seraient estompés, elle pourrait commencer son traitement contre le cancer. Les violences infligées par Jacob avaient augmenté, plus brutales, plus étudiées. Il ne frappait pas pour la blesser, mais parce que ça lui faisait du bien. Il frappait mécaniquement, sans montrer de sentiments. Et Birgitta recevait ses coups avec la même indifférence. Peut-être y voyait-il une provocation, qui le poussait à cogner plus fort ?

Elle souhaita à ses élèves un bon après-midi, rassembla ses papiers, rangea le plus gros du désordre et ferma la porte de la classe en partant.

Le couloir était presque désert, seule Lovisa Steen s'était attardée.

"Comment ça va, mon petit ? demanda Birgitta.

— Bien.

— Tu es sûre ?"

La fillette hocha la tête.

"Qu'est-ce que tu fais là, alors ?

— Maman vient me chercher plus tard ce soir, et après je vais chez ma grand-mère.

— C'est bien, ça. Et elle est gentille, ta grand-mère ?"

Birgitta l'aida à passer le gros sac à dos sur ses épaules et, côte à côte, elles avancèrent le long des rangées de portemanteaux.

"Maman et papa vont se séparer", dit soudain Lovisa. La fillette se mordit la lèvre. Birgitta sursauta. Tommy et Ingrid Steen ? Le couple le plus parfait de Bromma. Ah, vraiment, à quoi peut-on se fier aujourd'hui ?

Des larmes montèrent aux yeux de Lovisa.

"Là, là, mon petit cœur", dit Birgitta en la conduisant jusqu'à un banc. Elle l'assit sur ses genoux et embrassa la fillette. Elle ne savait pas très bien quoi faire.

Elles restèrent enlacées en silence.

Birgitta sentit une goutte sur sa main.

"J'ai un cancer, je vais mourir", chuchota-t-elle.

Elle comprit alors que la larme venait d'elle.

43

VICTORIA BRUNBERG

Victoria arriva sur le quai quelques minutes seulement avant le départ du *MS Scandinavia*. Deux vigiles en doudounes noires la considérèrent avec indifférence, lui demandèrent son nom, vérifièrent sur une liste, hochèrent la tête et la laissèrent passer. Ses talons aiguilles retentirent sur la passerelle quand elle embarqua. Par la porte vitrée, elle vit que les participants n'avaient pas perdu de temps. La fête avait commencé, la musique se répandait sur le pont presque désert. Quelques fumeurs téméraires bravaient le froid pour satisfaire leur besoin de nicotine. Victoria ouvrit une porte et entra. Les hommes portaient des costumes sombres, la plupart sans cravate. Les femmes des robes de soirée. Évitant de regarder les gens dans les yeux, elle visa le bar tout au fond et alla y demander un verre de blanc. Elle jeta un œil alentour à la recherche de Tommy Steen, l'homme qu'elle devait tuer. En face du bar, une petite scène : un micro sur pied, deux guitares, une basse et une batterie.

Un homme dégarni d'une soixantaine d'années monta sur l'estrade, une coupe de champagne à la main, et testa le micro du bout de l'index. Le brouhaha cessa et les visages se tournèrent vers lui.

"Chers collaborateurs, bienvenue à bord. Nous allons bientôt appareiller pour notre tour dans l'archipel…"

Victoria cessa d'écouter pour fouiller à nouveau la pièce des yeux. L'orateur déclencha une salve de rires et, à ce moment, Victoria repéra le rédacteur en chef d'*Aftonpressen*. Il était tout près, un peu sur sa droite, à côté d'une jeune femme. Tommy Steen et celle-ci semblaient écouter avec intérêt.

Ils étaient tout proches, un peu trop pour de simples collègues. De temps à autre, rapidement mais ostensiblement, la femme posait sa main sur celle de l'homme et la serrait. Aucun doute, il y avait quelque chose entre eux. Pouvait-il s'agir de la personne qui avait commandité le meurtre de Tommy Steen ? Si c'était le cas, elle était d'un sang-froid à toute épreuve. Et folle.

"Santé !"

L'homme sur la scène leva son verre.

Victoria porta le sien à ses lèvres et en but une petite gorgée. Elle ne voulait pas trop boire. Il fallait qu'elle reste sobre, même si elle aurait volontiers calmé sa nervosité avec davantage d'alcool.

La pièce s'emplit d'applaudissements. Victoria posa son verre et s'y joignit.

L'orateur descendit de l'estrade et le bateau se mit en mouvement.

44

INGRID STEEN

Ingrid n'avait pas l'habitude d'avoir tant de monde autour d'elle. Le café Riche était plein à craquer de clients venus dîner. Tout autour d'elle mangeaient des célébrités de la télévision, des hommes politiques et des journalistes en vue. Le brouhaha était assourdissant. Ceux qui n'avaient pas de table se pressaient au comptoir, situé à quelques mètres seulement des convives. Le bar du café Riche était surnommé le *fossé des divorcées* : des quadragénaires et plus s'y pressaient, à la recherche d'un nouveau partenaire. Un verre se brisa quelque part. "... et alors, il a dit que ce n'était pas comme ça qu'il imaginait la vie, qu'il aspirait à autre chose. Tu vois ? Il a quarante-cinq ans, et se comporte comme un gamin. C'est un homme, pas un putain de gosse. Aucun sens des responsabilités, quoi.

— Terrible", dit Ingrid en secouant la tête, tout en portant un morceau de poisson à sa bouche.

Carina Feldt était une ancienne collègue d'*Aftonpressen* qui, il y a cinq ans, s'était reconvertie en devenant éditrice. Depuis six mois, elle était empêtrée dans un divorce douloureux avec le père de ses deux enfants, le roi des relations publiques, Gustaf Hammar.

Un beau jour, après avoir couché les petits, il lui avait annoncé que c'était fini. Il ne l'aimait plus, voulait plus de temps pour lui. Il n'y avait aucune marge de négociation, rien à organiser – il s'était déjà acheté un trois-pièces à l'autre bout de la ville.

"Alors maintenant, il a les enfants un week-end sur deux, c'est le maximum qu'il daigne faire. Il vit comme un gamin de vingt ans. Il traîne au bar avec ses employés, rentre à l'aube et se ridiculise. Tragique.

— Tragique", répéta Ingrid.

Elle plaignait Carina, mais elle avait du mal à s'engager dans la conversation. Ses pensées dérivaient sans arrêt vers le *MS Scandinavia* et Tommy. Tout était prévu, elle avait fait ce qu'elle devait faire, ce qui se passait échappait désormais à son contrôle. Ce n'était plus de son ressort. Le bateau devait être parti à l'heure qu'il était, la fête y battait son plein. Tommy était probablement en train de peloter Julia, plus ou moins ouvertement.

Ingrid avait hâte que tout ça soit fini. Que les penchants de Tommy pour la drogue soient révélés, et que sa réputation de journaliste honnête et sérieux vole en éclats.

Carina se leva pour aller aux toilettes, elle disparut, avalée par la foule agglutinée autour du bar. Ingrid glissa la main dans son sac pour prendre son portable, mais ses doigts touchèrent autre chose.

45

VICTORIA BRUNBERG

Il fallait que Victoria s'approche de Tommy, engage la conversation, mais la jeune femme restait collée à lui. La traversée durait depuis deux heures, les lumières au-dehors se faisaient rares, et autour d'elle les gens étaient de plus en plus éméchés. Ancrée au bar, Victoria répondait par monosyllabes à ceux qui lui adressaient la parole, sans quitter Tommy des yeux.

Un groupe se préparait à monter sur scène. Quand les musiciens saisirent leurs instruments et qu'une chanteuse à frange blonde et blouson de cuir s'empara du micro, une grande clameur de joie éclata. Victoria chercha des yeux Tommy là où elle l'avait vu pour la dernière fois. Disparu. Elle fouilla rapidement la salle du regard et l'aperçut de dos. La femme n'était plus visible, elle était peut-être allée aux toilettes. Tommy était en grande conversation avec l'homme qui avait accueilli les invités.

Victoria devait agir maintenant. Elle avait plusieurs fois répété ce qu'elle allait lui dire. Elle emporta son verre de vin et se fraya un passage parmi les gens dont l'attention était désormais toute tournée vers la scène.

Victoria toucha le coude de Tommy et se pencha pour lui chuchoter la phrase qu'elle avait mémorisée. Elle fut noyée par les clameurs, au moment où, sur scène, la chanteuse prenait le micro pour dire quelques mots.

Tommy fixa Victoria, interloqué. "Je travaille à l'ambassade de Russie, j'ai des informations sur des actes d'espionnage contre la Suède, répéta Victoria, plus fort cette fois. Venez avec moi, il faut qu'on parle." Tommy resta bouche bée, mais se ressaisit vite.

Il hocha la tête, fit un geste vers la porte dérobée à côté du bar. Personne ne semblait faire attention à eux, tous les regards étaient dirigés vers la scène, où la chanteuse entamait son premier morceau. Ils parcoururent en silence un long couloir, où leurs pas résonnaient. Ils s'arrêtèrent devant une porte vitrée donnant sur le pont.

"Sortons par ici", dit Tommy en lui tenant la porte.

Victoria constata avec soulagement que le pont était désert. Elle se dirigea vers l'arrière pour éviter qu'ils soient vus si un passager sortait fumer. Tommy quelques pas derrière elle, elle tourna à l'angle de la coursive et s'appuya au bastingage haut d'environ un mètre.

Le bateau laissait un sillage d'écume dans l'eau noire bordée de forêts. Tommy la rejoignit et s'appuya sur le bastingage. Elle posa son sac à main entre eux.

"Vous disiez que vous travaillez à l'ambassade russe ?"

Victoria hocha rapidement la tête, en évitant son regard.

"Mon pays espionne votre pays, nous avons mis votre journal sur écoute."

Tommy se passa la main sur le menton. Il paraissait sceptique.

"Pourquoi me racontez-vous ça ?

— Parce que je veux quitter la Russie et demander l'asile en Suède."

Tommy sortit un paquet de cigarettes, le présenta à Victoria, qui en prit une, avant de se servir lui-même.

"Ça fait longtemps que j'ai arrêté, mais je continue à fumer dans les soirées", expliqua-t-il en lui allumant sa cigarette. Leurs regards se croisèrent une seconde dans la faible lueur de la flamme qui vacillait entre ses mains en coupe. C'était un geste intime, il avait quelque chose d'attirant.

La cigarette ne s'allumait pas.

"Laissez-moi faire", dit-elle.

Elle prit le briquet, ôta la cigarette de la bouche de Tommy et pivota pour s'abriter du vent. Tommy attendait, à nouveau tourné vers l'eau. Il suffisait de le pousser un bon coup.

"Vous vous en sortez ? demanda-t-il par-dessus son épaule.

— Presque", dit-elle.

Victoria ôta promptement ses talons aiguilles et se jeta sur lui.

46

INGRID STEEN

Le vin était bu, une serveuse avait débarrassé les assiettes, et la conversation s'épuisait. Les silences se faisaient de plus en plus longs. Les yeux de Carina brillaient de fatigue et d'alcool. Le brouhaha avait augmenté, la foule agglutinée au bar s'était rapprochée de la table d'Ingrid à mesure que des clients arrivaient.

Elle se sentait d'attaque, était-ce l'alcool, ou le fait de remarquer que les hommes la regardaient encore avec appétit, elle ne savait pas. Probablement un peu des deux. Un homme en particulier, près du bar, avait retenu son attention. Il semblait avoir la trentaine, cheveux brun foncé, chemise et jean noirs. Plusieurs fois, il l'avait fixée sans se gêner, et Ingrid l'avait regardé droit dans ses yeux clairs.

"On y va ? dit Carina en attrapant son manteau.

— D'accord", répondit Ingrid.

Mais elle ne voulait pas que cette soirée s'achève. Elle ne voulait pas rentrer dans la grande maison vide de Bromma.

"Attends un peu, dit-elle. Il faut juste que je passe aux toilettes."

Ingrid sentit que l'homme du bar l'observait tandis qu'elle rassemblait ses affaires et se frayait un chemin vers les WC.

La porte refermée derrière elle, elle sortit le sachet de cocaïne de son sac, trouva un vieux billet froissé et se fit une ligne rapide. Elle n'avait jamais essayé de drogues, à part quelques bouffées de hasch, un week-end à Copenhague, dans sa jeunesse.

Elle inspira la poudre, vérifia à l'aide de la fonction appareil photo de son portable qu'elle n'avait pas de résidus blancs autour du nez et ressortit des toilettes.

Le monde se mit à tourner, plus doux, plus éclatant. Elle se dépêcha de traverser la salle pour rejoindre Carina qui l'attendait à leur table.

Dans la rue, elles s'embrassèrent devant la file des taxis.

"Allez, prends le premier", dit Ingrid en lui indiquant une voiture de Taxi Stockholm. Elle resta sur le trottoir et salua de la main tandis que Carina s'installait sur la banquette arrière. La voiture partie, elle retourna à l'intérieur du café Riche. Elle alla aussitôt trouver l'homme en noir au bar. Il sembla étonné. Ingrid se sentait sûre d'elle.

"Tu habites les environs ? demanda-t-elle de but en blanc.

— Dans Vasastan.

— Bien, dit Ingrid. Donne-moi l'adresse. Après tu sors et tu y vas en taxi."

Il rit.

"Odengatan 35."

Cinq minutes plus tard, Ingrid était sur la banquette arrière d'un taxi, dans Birger Jarlsgatan. Son cœur battait fort, sa tête tournait agréablement. Elle glissa discrètement la main entre ses cuisses et sentit qu'elle mouillait.

47

VICTORIA BRUNBERG

Elle regarda Tommy tomber sans bruit. Ce n'est qu'à quelques mètres de la surface qu'il cria. Son corps disparut dans l'eau noire. Victoria resta près du bastingage. Quelques secondes plus tard, Tommy refit surface, il agita les bras en hurlant. D'un regard par-dessus son épaule, elle vérifia que personne n'approchait, avant de ramasser la cigarette et le briquet et d'inspirer une profonde bouffée.

Les fonctions vitales allaient cesser avant qu'il ait le temps d'atteindre la terre, il allait mourir de froid. Il n'avait pas l'air méchant, mais qu'en savait-elle ? La femme qui voulait sa mort avait sûrement ses raisons – comme elle avait eu les siennes pour Malte.

Victoria regarda sa montre. Ils devaient être en train de regagner Stockholm. Elle rejoignit la fête. Le groupe était toujours sur scène, la fille à frange blonde chantait à tue-tête, penchée en arrière, le visage levé vers le plafond. Personne n'avait rien remarqué. Victoria retourna au même endroit qu'avant et demanda un verre de blanc. Elle était calme. La fête continuait normalement, d'ici une heure le bateau accosterait à Nybrokajen et elle disparaîtrait alors, ni vue ni connue. Les gens étaient déjà tellement ivres qu'ils se souvenaient à peine de leur propre nom. Mais après ? Où aller ? Rentrer en Russie ?

Elle songea à Al et sentit une chaleur envahir tout son corps. Il lui plaisait, il l'avait bien traitée. Pas comme Youri, mais il s'y entendait, en femmes. Un homme, un vrai. Elle allait peut-être accepter sa proposition de fêter Noël à la Barbade. Mais d'ici là ?

48

INGRID STEEN

L'homme attendait sur le pas de la porte, à côté d'un bar devant lequel s'attroupaient des fumeurs. Il tendit la main et se présenta.

"Lukas.

— Enchantée, pouffa-t-elle. Tu peux m'appeler Johanna."

Il fronça les sourcils.

"T'appeler ?

— Oui. Ce n'est pas mon vrai prénom, tu vois ? Bon, alors, tu ouvres, ou quoi ?"

Lukas haussa les épaules, tapa le code et lui tint la porte. La situation amusait Ingrid. Avoir le contrôle. Dans l'ascenseur, ils étaient face à face : Ingrid l'examina sans se gêner. Ce qu'elle voyait lui plaisait. Il croisa son regard en souriant.

"Tu es mignon, tu sais ?" dit-elle.

Il rit.

"Toi aussi."

L'appartement était au quatrième étage, un petit trois-pièces donnant sur Odengatan. Sans ôter ses chaussures, Ingrid gagna la fenêtre. Lukas s'approcha, tout près, passa ses mains autour de sa taille. Un picotement lui traversa le corps, mais elle sentait s'estomper les effets de la drogue.

"Attends un peu, dit-elle. Où est la salle de bains ?"

Lukas lui indiqua le chemin. Elle s'y rendit avec son sac à main, se fit une nouvelle ligne et l'inhala. Elle sentit son cœur battre plus vite, sa température corporelle monter.

Il était resté devant la fenêtre. Elle se glissa devant lui, l'attira à elle. Ils s'embrassèrent. Il avait goût d'alcool. Elle déboutonna son pantalon, soupesa dans sa main son sexe durci. Il respirait de plus en plus vite.

En bas, dans la rue, un poivrot poussa un cri.

Elle se débarrassa de ses vêtements, se mit nue devant lui, mais garda ses talons. Elle lui tourna le dos, se pencha en avant et, s'appuyant contre le rebord de la fenêtre, s'offrit à lui.

TROISIÈME PARTIE

49

INGRID STEEN

Devant la rédaction, le drapeau suédois était en berne.

Ingrid était vêtue de noir. C'était l'hiver, le soleil ne s'était pas montré de la semaine, mais elle cachait pourtant son visage derrière une paire de lunettes noires surdimensionnées.

Elle ouvrit la portière et descendit de voiture. Mariana Babic, qui l'attendait derrière les portes coulissantes, vint à sa rencontre. Lui donna une longue et chaleureuse accolade.

"Ça va aller ?" demanda-t-elle doucement.

Ingrid hocha la tête en serrant les dents.

Quelqu'un devait avoir prévenu les employés du journal de l'arrivée d'Ingrid. La rédaction était rassemblée dans le bureau central. Ingrid salua de la tête quelques visages connus, tout en essayant de repérer Julia. La pièce de Tommy était vide, sa table encombrée de fleurs.

Ingvar Svedberg, le chef du groupe de presse, prit Ingrid par le bras et la conduisit délicatement au milieu de la pièce. Ingrid regardait droit devant elle. Ingvar se racla la gorge.

"Tommy Steen était une des plus belles personnes et le plus courageux journaliste que j'aie rencontré. *Aftonpressen* est en deuil, les médias suédois sont en deuil. Une voix forte et importante du débat social nous a été enlevée…"

Ingrid cessa d'écouter, cherchant du regard le visage de Julia parmi les journalistes alignés.

Lors de son audition par la police, Ingrid avait admis avec réticence que Tommy consommait de la cocaïne, et qu'elle avait tenté de le faire décrocher.

À contrecœur, elle avait aussi expliqué que, deux semaines auparavant, elle avait compris que c'était Julia Wallberg, la fameuse présentatrice d'Aftonpressen-TV, qui lui en fournissait. Les policiers avaient échangé un regard : Ingrid savait que la police de Stockholm aimait bien coincer des personnalités pour des affaires de drogue, afin de montrer au public et aux politiques qu'ils prenaient le problème au sérieux. L'arrestation d'une célébrité constituait une bonne publicité pour la police, et Ingrid était certaine qu'ils allaient agir contre Julia. Avec un peu de chance, ils perquisitionneraient le domicile de la présentatrice, et c'en serait fini de sa carrière jusqu'ici si brillante. Tous dans la pièce savaient probablement que la police avait trouvé de la cocaïne dans la veste de Tommy, et que l'examen toxicologique avait montré qu'il en avait dans le sang quand il était passé par-dessus bord.

L'information circulait déjà sur internet. Ingvar Svedberg pourrait s'époumoner à chanter les louanges de Tommy, aux yeux du public il n'était déjà plus qu'un drogué ivre qui était tombé à l'eau lors d'une fête d'entreprise.

"Un accident, un terrible accident prive une femme fantastique d'un mari et une petite fille de son père bien-aimé…"

Ingrid serra les lèvres. Ingvar se racla la gorge, inspira à fond et se ressaisit.

"… je voudrais honorer la mémoire de Tommy par une minute de silence."

BIRGITTA NILSSON

Birgitta avait gardé un œil sur Lovisa depuis le matin, c'était le premier jour d'école de la fillette depuis que son père avait été retrouvé noyé dans l'archipel. Voir la fillette si renfermée et absente avait beau lui faire de la peine, Birgitta estimait, en accord avec le directeur et le psychologue scolaire, qu'il valait mieux pour Lovisa être au plus vite replongée dans le quotidien.

Les autres élèves étaient eux aussi plus silencieux qu'à l'ordinaire. Ils comprenaient, ils lui témoignaient du respect. Birgitta était fière d'eux : c'était vraiment une belle classe. Un jour, ils feraient de bons citoyens.

En sortant dans la cour, Birgitta aperçut Lovisa et sa mère qui se dirigeaient vers leur voiture. Ingrid Steen était vêtue de noir. Birgitta ne put s'empêcher de l'appeler. Ingrid se retourna, dit quelque chose à Lovisa et vint à la rencontre de Birgitta.

"Toutes mes condoléances, dit Birgitta. Quel accident terrible, tragique.

— Merci", dit Ingrid.

Elle chercha autre chose à dire.

"Lovisa a… vous avez une fille courageuse. Vous pouvez être fière d'elle."

Ingrid Steen hocha la tête, se prépara à rejoindre sa fille.

"Vous avez certainement beaucoup d'amis qui vous entourent, mais si vous avez besoin de quelque chose, n'hésitez pas, dit Birgitta.

— Merci", dit Ingrid avant de tourner les talons.

Birgitta les regarda un moment s'éloigner avant de rentrer en vitesse. Elle allait préparer un bon dîner pour les jumeaux et Jacob. C'était la dernière fois qu'ils se voyaient, et elle voulait qu'ils passent un bon moment ensemble. Ils allaient soupirer, la trouver nulle, lever les yeux au ciel chaque fois qu'elle ouvrirait la bouche. Avec les années, elle s'était habituée, blindée, mais ça faisait quand même mal. Parfois, elle regrettait de ne pas avoir eu aussi une fille. Les filles étaient plus douces que les garçons. Elle aurait peut-être trouvé la vie plus légère si elle avait eu quelqu'un pour l'aimer en retour.

INGRID STEEN

Les buissons et les arbres qui séparaient les jardins étaient nus. La température était proche de zéro. Ingrid n'avait pas réalisé que la rue était aussi près de chez elle. Elle s'était abstenue de chercher comment s'appelait la femme dont le mari allait bientôt mourir. C'était peut-être une personne qu'elle connaissait ? Qu'elle avait rencontrée au supermarché ? Qui avait un enfant dans la classe de Lovisa ?

Elle enfonça davantage son bonnet sur sa tête.

La maison, avec ses décorations de Noël aux fenêtres, semblait paisible. Tout indiquait qu'il s'agissait de personnes honnêtes, normales. Et pourtant, il y avait au moins une femme qui haïssait assez son mari pour être prête à le tuer. Et sans doute plus d'une.

Cette zone résidentielle était une prison pour femmes sans barreaux, les femmes y étaient retenues par leur amour et leur devoir envers leurs enfants. Ingrid n'allait pas assassiner un homme, elle allait libérer une femme. Comme elle avait été libérée par la mort de Tommy.

BIRGITTA NILSSON

La maison était silencieuse, Jacob ronflait près d'elle. Birgitta gardait les yeux ouverts, elle résistait à l'appel du sommeil. Parfois, il prenait des somnifères : il n'avait pas été difficile d'en écraser quelques cachets supplémentaires dans son verre du soir.

Il allait mourir. Elle allait tenir sa promesse, l'aimer et lui être fidèle pour le meilleur et pour le pire, jusqu'à ce que la mort les sépare. Birgitta resterait jusqu'au bout auprès de lui. Il l'avait choisie, elle avait été flattée, avait pris son silence pour de la bonté. La méchanceté qu'on apprend à reconnaître quand on est enfant est bruyante. Elle portait encore sur son corps les marques de sa méchanceté.

Birgitta sortit doucement de sous la couette, descendit au rez-de-chaussée sur la pointe des pieds et déverrouilla la porte d'entrée. En remontant, elle ne put s'empêcher de s'arrêter dans le bureau de Jacob.

La bougie était posée sur le rebord de la fenêtre. Le chandelier venait de la mère de Jacob. Trois semaines après la mort de celle-ci, il avait frappé Birgitta avec. Pas à la tête. Non, il le lui avait balancé contre le flanc tandis que les jumeaux dormaient. Deux côtes cassées. Birgitta n'avait pas dormi pendant deux semaines. Jacob avait toujours su maîtriser ses actes de méchanceté. Et

Birgitta avait appris à maîtriser la douleur physique que provoquait la violence de Jacob. À la naissance des jumeaux, elle avait redouté qu'il s'en prenne à eux. Elle s'était très tôt promis de le tuer s'il levait la main sur l'un d'eux. Mais il ne les avait jamais touchés – ils avaient beau crier, faire du tapage ou se battre.

Birgitta entendit du bruit sur le seuil.

"Qu'est-ce que tu fais dans mon bureau ?"

53

INGRID STEEN

Ingrid observait la villa de deux étages. Elle jeta un rapide coup d'œil à sa montre. C'était l'heure. La porte d'entrée devait être ouverte, elle n'avait qu'à allumer une bougie, puis elle rentrerait chez elle. Elle regarda alentour et poussa la grille. Elle se glissa sur le gravier gelé. Elle s'arrêta devant la porte et tendit l'oreille. Tout était silencieux.

"À l'étage, deuxième chambre sur la droite", se répéta-t-elle.

Elle tourna doucement la poignée de la porte et entra. Elle sortit de sa poche les protections en plastique bleu qu'elle enfila sur ses chaussures. Ça sentait le dîner, la vie, les personnes inconnues. Sur le mur de droite, des photos encadrées qu'elle ignora. Elle ne voulait pas savoir, il ne fallait pas qu'elle sache.

Ingrid gagna l'escalier sur la pointe des pieds. Gravit une marche. Deux. Soudain, elle s'arrêta. Il y avait du bruit à l'étage. Une voix. Une voix d'homme. Étouffée, presque sifflante. Elle entendit un choc sourd. Ingrid tourna les talons, prête à se précipiter dehors.

BIRGITTA NILSSON

Jacob la plaqua contre le mur.

"Qu'est-ce que tu fais dans mon bureau ?"

Il ne pouvait pas être réveillé, c'était impossible. Elle avait écrasé deux cachets de somnifère dans son whisky. Ne l'avait-il pas bu ?

Jacob la releva, prit son élan et frappa. L'air quitta ses poumons quand le poing heurta son ventre. Birgitta s'effondra. Il la regarda avec dégoût.

"Tu m'espionnes ? Putain de bonne femme ! Je t'ai pourtant interdit d'entrer dans cette pièce."

Il ne la laissa pas répondre. Il lui décocha un coup de pied. Birgitta leva les bras pour se protéger, le pied frappa son coude, et Jacob grimaça de douleur. Ses yeux s'allumèrent, brûlant de rage.

La femme qui devait allumer la bougie et s'assurer du début d'incendie allait arriver d'un instant à l'autre. Peut-être était-elle déjà dans la maison ? Mais que pouvait-elle faire ? Bien évidemment s'en aller, Birgitta ne le lui reprocherait pas.

"S'il te plaît, Jacob, je…"

Il se pencha pour l'attraper par les cheveux. Attira sa tête vers la sienne. Birgitta se redressa sur ses genoux en gémissant de douleur.

"Ça va être la ceinture, siffla-t-il. Tu vas goûter à la ceinture, sale chienne."

Il la lâcha et tira les rideaux.

55

INGRID STEEN

Les couteaux luisaient, alignés parmi la vaisselle propre. Elle enfila ses gants fins, en choisit un grand, bien aiguisé, qu'elle soupesa. Elle en avait assez entendu. Elle regagna l'escalier et commença à monter. Faibles sanglots. Quelque part dans la maison, une porte s'ouvrit.

"Putain, sale chienne, tu ne veux pas obéir, hein ?"

Ingrid s'accroupit en haut des marches et s'immobilisa. L'homme se dirigeait vers elle, elle ne l'avait pas encore vu. Tandis qu'elle attendait, la colère montait en elle. Les pas approchaient. Il venait vers elle, il n'était plus qu'à un mètre quand Ingrid se jeta sur lui. Au dernier moment, il avait dû l'entendre, car il tourna sur lui-même, leva le bras, et elle sentit quelque chose lui cingler la joue.

Mais il était trop tard. Elle avait déjà plongé le couteau dans son ventre. Il haleta, la fixa sans comprendre. Sa bouche était ouverte, laissait échapper un gargouillis. Elle retira le couteau et frappa encore. Et encore.

Il s'effondra. Ingrid se figea, regarda le corps sans vie. Qu'allait-elle faire à présent ? Elle venait de poignarder quelqu'un.

Elle entendit de faibles gémissements. Ils ne venaient pas de l'homme, mais de la pièce fermée.

"Il est mort, dit-elle à travers la porte. Ça va ?"

Silence.

Ingrid répéta sa question.

"Ça va aller", répondit l'autre femme.

Ingrid aurait voulu entrer, la serrer contre elle, la consoler, lui dire que pour elle aussi, l'enfer était fini.

"Restez là où vous êtes, dit Ingrid. Il ne faut pas qu'on se voie."

Elle réfléchit.

"Voilà ce qui s'est passé : une tentative de cambriolage a mal tourné. Vous avez surpris le voleur, il a tué votre mari. Je m'en vais avec le couteau. Il faut que j'y aille, appelez la police dès que je serai partie.

— Merci beaucoup."

Ingrid inspecta autour d'elle. Son regard s'arrêta sur la ceinture qui avait frappé sa joue. Elle la ramassa et la fourra dans sa poche.

ÉPILOGUE

Un an plus tard.

L'air était chaud : le soleil avait beau être en train de se coucher, il faisait encore plus de trente degrés dans le Sud de la Floride. Deux femmes étaient installées à une table ronde dans un bar avec vue sur la mer. De la route leur parvenaient de temps à autre un bruit de moteur ou un coup de klaxon. Ingrid Steen et Victoria Brunberg ne s'étaient jamais rencontrées, et pourtant elles partageaient le plus profond des secrets. Leur conversation était hésitante, prudente et polie.

"Vous êtes allée à la Barbade, disiez-vous ? demanda Ingrid.

— Oui, pour Noël. J'y étais déjà allée l'année dernière, avec mon fiancé, répondit Victoria Brunberg.

— Il est gentil ?

— Très gentil."

Victoria approcha le verre de sa bouche, finit son cocktail.

"Et vous ?"

Ingrid secoua la tête.

"Non, je vis seule avec ma fille."

Elle fit un geste vers la plage, où une fillette blonde jouait dans les vagues.

Elles ne s'étaient pas révélé leurs noms. C'était plus sûr ainsi. Elles attendaient toujours une troisième personne.

Une autre femme qu'elles n'avaient jamais vue et dont elles ignoraient l'identité, mais qui elle aussi était dans le secret de leurs libérations.

Autour d'elles, il y avait surtout des touristes. Des couples se prenaient en photo ou contemplaient la mer turquoise. Les deux femmes sursautèrent quand une voiture de police passa, sirène hurlante. Quand elle eut disparu, elles lâchèrent un rire hésitant.

"Où peut-elle donc être ? demanda Ingrid Steen.

— Peut-être qu'elle ne va pas venir ?

— On attend encore un peu, n'est-ce pas ?"

Elles appelèrent le garçon, commandèrent chacune un autre mojito. Il revint avec un plateau. Les verres étaient embués, la menthe luisait, verte sous la glace. Une femme mûre apparut, regarda alentour avant de se diriger vers leur table.

Elle saisit un fauteuil dont les pieds raclèrent le sol lorsqu'elle le tira. Elle avait les cheveux blancs, était assez maigre. Son visage pâle faisait un peu tache au milieu des touristes bronzés. Elle dévisagea la plus âgée des deux femmes attablées. Le regard interrogatif de Victoria Brunberg passa de l'une à l'autre.

"Vous vous connaissez ?"

Ingrid Steen et Birgitta Nilsson continuèrent à se regarder, avant d'éclater de rire.

OUVRAGE RÉALISÉ
PAR L'ATELIER GRAPHIQUE ACTES SUD
ACHEVÉ D'IMPRIMER
SUR ROTO-PAGE
EN MAI 2020
PAR L'IMPRIMERIE FLOCH
À MAYENNE
POUR LE COMPTE DES ÉDITIONS
ACTES SUD
LE MÉJAN
PLACE NINA-BERBEROVA
13200 ARLES

DÉPÔT LÉGAL
1ᵉ ÉDITION : JUIN 2020
N° impr. : 96151
(Imprimé en France)